幻のえにし

渡辺京二発言集

弦書房

装丁＝水崎真奈美

目次

Ⅰ
石牟礼道子の草文…………7
三回忌に…………20
幻のえにし…………31
Ⅱ
熊本の文芸を辿る…………77
二元論のはざまで生きる…………86
ファンタジーを語る…………126

Ⅲ

激励……157
『アルテリ』創刊始末……159
渡辺京二　二万字インタビュー①……163
渡辺京二　二万字インタビュー②……196
渡辺京二　二万字インタビュー③……232
あとがき……265

I

著者近影　2019年2月、植山茂撮影

石牟礼道子の草文

私、歳を取りまして声が出なくなりまして、なるべく大きい声を出すつもりでおりますけど、お聞き苦しいところはご勘弁下さい。いま皆さん、この本堂の屋根裏で、石牟礼道子資料保存室をご覧になったわけですね。月に二回集まって資料の整理をしていますが、その仕事をしてもらっている方々は最後列に何人か座っておられるようでございます。

まず保存会の発足というところからお話致しますと、この真宗寺の正面に門がありますが、そこを右に下ると駐車場がございますね。その駐車場のところに元は家がありまして、石牟礼さんはそこを借りて一六年間過ごされたんです。そのあとまた別の仕事場に移られたわけですが、それでもずっと亡くなるまでこの真宗寺と深いご縁がございました。

この寺でこの資料を預かっていただくことになる以前は、彼女の蔵書であるとか、ノート類であるとか、いろんなものを自分の仕事場に全部収めていたわけです。もちろん、家具や衣類や、いろいろとありました。ところが、彼女の病状が悪化しまして、老人施設に入るようになったんですね。施設に入ったのは二〇一四年三月、つまり今から四年ちょっと前ですが、老人施設の部屋は本当に狭くて、自分の身の回りのもの以外の蔵書とかノートとかは、ごく一部しか持ち込むことができなかったわけです。

彼女がそもそも熊本市に仕事場を作ったのは、水俣病裁判の判決が出た昭和四八年（一九七三）の春でございました。その時には荷物は、リヤカー一台だったんです。ところがだんだん持ち物が増えてまいりまして、いよいよ施設に入るときには、持って行けない大荷物をどうしようということになりまして、いろいろ考えましたけど、結局真宗寺で預かってもらえないかなとお願いしたら、幸い住職が了承してくれまして、本堂の屋根裏部屋を石牟礼道子資料室として提供して下さったわけです。しかし、ただ置きっ放しにしていても仕方がないので、その整理・保存のために石牟礼道子資料保存会も発足しまして、いまや三年半以上活動をして参りました。月に二回集まっています。一回やるごとに少ない時でも七、八人、多い時は十数人集まりまして、いろんな整理をやっております。

資料というのはまず彼女の全著作があります。著作と言っても単行本もあれば、雑誌に載ったものもあり、新聞に載ったものもある。新聞にのったのは私がずっとスクラップブックに貼りつけて来ました。スクラップブックを私は「著作」と「評判帖」に分けていて、それぞれ二〇冊を超えるくらいあります。「評判帖」は彼女の本の書評とか、彼女に関する一切の記事を収めるものです。彼女について論じたものとなれば、ほかに単行本も雑誌もあるわけで、それもひとつのジャンルとして保存せねばなりません。さらに彼女の蔵書があります。また彼女が方々からいただいた手紙があり、写真があり、録音テープがあり、さらに厖大な書き損じあるいは下書きの原稿があります。

そして一番大事なものとしてノート類があるわけです。彼女は若い頃から自分の思いであるとか、作品であるとか、ずっとノートに書いておりまして、そのノートが二〇〇冊あるんです。それには日記風のものもあれば、短歌、詩といった作品もありますし、小説類もありますし、小説類などは書き出しで終わってしまっているものもたくさんある。それからエッセーの様なものもある。

初期のノートはタイトルがついていたりして、かなりまとまっていますので私がかなり早い時期に編集して、石牟礼道子初期散文集『潮の日録』という本にまとめました。しかし、それはほんの一部でございまして、その後、藤原書店から全集が出まして、その全集にもかなり初期の作品を収録しております。

しかし、保存会でノートを整理し始めてみると、出てくるわ出てくるわ。私も彼女のノートはだいたい承知しているつもりでございました。というのも四〇年間、彼女の仕事を手伝ってまいりましたから。ところが、実際よく見てみると、こんなものがあったのか、こんなことを書いていたのかというのが続々と出てくるんですね。それは私が関係しておりまして熊本で出ております「道標」という雑誌、それから「アルテリ」という雑誌、この二冊にずっと未発表の原稿を載せるようにしています。ところがその二〇〇冊のうち、何冊調べたかというと、五〇冊ぐらいなんです。あと一五〇冊あるんです。これは私が生きている間に何とかしなくてはと思っています。

えらそうな言い方になるかもしれませんが、これは他の方がご覧になっても、なかなか判読が難しいと思うんですね。私は彼女の筆癖も知っておりますし、そしてまたこれはどういった種類のものなのか、日記なのか、メモなのか、聞き書きなのか、あるいは原稿の下書きなのか、そういう判別というのは、彼女の全著作が頭に入っていないと、とても見ても分かりません。口幅ったい言い方ではございますが、私が見ないとどうにもならないのでございます。そうしますと、あと一五〇冊ありますんで、私があとせいぜい何年生きられるか、いま八八歳でございますから、彼女の年齢まで生きているとして、あと二年半ぐらいですね。二年半で一五〇冊を何とかやってしまわなければならないと思っております。とにかく保存会の月二回の整理作業に来てくださる方はもちろんボランティアでございまして、実に熱心にやっていただいて、この場を借りて御礼を申し上げたいと思います。

さて、彼女のノート類をずっと見まして、まず驚くのは、一〇代の頃から、二〇代、三〇代、四〇代、亡くなるまでですが、凄まじいエネルギーだなと思うわけです。私も日記はつけていますが、私の日記なんかはほんと出来事のメモぐらいですが、彼女はその時、その時に考えたことをいっぱい書いているんですよね。

そして、若い頃からもともと歌人であり、詩人であったわけですが、短歌という形式では自分の表現ができなくなって、散文を書くようになったと思うんですけど、もちろん書きかけみたいなのがたくさんあるんです。完成すれば良かったのにねと思う書きかけがたくさんある。私の日記はあほみたいな幼稚なことしか書いていないが、彼女はそうじゃない。とにかく一〇代から文章や発想が独特で、世の中に天才というのがあるものだなと思うんですが、とにかく書かずにはおれない、その凄まじいエネルギーね、噴出してくるという感じなんです。それは単に自分の思いを書いているだけではない。あの人は非常にたくさんの人の話を書きとどめているんです。人の話というのは水俣病の患者さんであったり、彼女は西南役伝説でおじいちゃん、おばあちゃんの話を聞いていますから、それもあるし、あの人はよく小説の舞台づくりというものもあるんでしょうか。あるいはもともと好きだったんでしょうか。天草とかね、人吉方面とか、阿蘇九重とか方々に出掛けていって、その土地の人の話を聞くのが大好き。しかも、メモするんですよ。

そのメモを読んでみてね、最近へーっと思ったことがあるんですけど、相手は漁師さんだったり、百姓さんだったりするんですけど、彼女が一番興味を示すのは、例えば漁なら漁、漁師っていってもいろいろあるわけ。磯でやっている人もいるし、沖合まで出てやっている人もいるし。漁師にもいろんな技術があるが、彼女は非常にその技術に興味を持って書いているわけ。つまり広い意味での手仕事だね。手仕事というのにものすごく関心があって、僕ならそんな関心の示し方はしない。やっぱりそこが彼女独特だと思う。

これは何かというと、古代以来、原始時代以来、人類がアフリカで誕生して以来と言っていいかもしれないが、人類っていうのは手を動かしてさ、自然と関わっていろいろ作りだしてきたわけね。ずっとその連続だったわけね。いまみたいに手を使わずに機械がやってくれるようになったのは、たかだか一〇〇年にもならない。もう極端に言えば五〇年と言ってもいいかもしれない。それまで人類というのは、指を動かし、腕を動かし、足を動かして自然に工作して、自然に工作を加えるということは、石にしても、土にしても、あるいは草にしても、魚にしても、あるいは海にしてもね、ああこうなっているのかと。そうすると、自分勝手に自分の思うように工作するわけじゃなくて、自然の理法というものに追従していく。自然というものの仕組み、在り方が分かってくるんです。考えてみると、世界を自分の肉体を通じて、もちろん頭も使うわけですけど、自分の肉体を通じて自然、世界を理解するんですね。自分を取り巻いている世界を理解する。その世界を理解することを通じて、自分自身の人間というものを理解する。こういうことをずっと人類はやってきた。

その局面に非常に具体的なね、例えば鍛冶屋というのがどうやって成り立っていくか、どういうことをやるかという具体的な話を彼女はメモするんですよ。『椿の海の記』という彼女の作品、彼女の幼女時代を描いているんだけども、それにも出てくる。一日鍛冶屋の前に立って仕事が面白くて面白くて見ていたと書いてあるでしょ、それに、髪結いさんの家に上がって、髪結いの仕事を見ていたからね。自分は髪結いの仕事ができると自慢していたわけですね。日本髪というのはこんな風に結っているのかというのを、小さい時から好奇心で見ほれるような女の子であったわけですが、彼女が書くものは非常に射程が長い。

これはどうしてそうなったのかなということが問題になりますけど、やっぱりあの人の生きている時間は現実的には昭和二年からだから、一九二七年以後だけど、実際にはそれよりずっと以前、親の世代、おじいちゃん、おばあちゃんの世代、ひいじいちゃん、ひいばあちゃんの世代、ずっとそれをさかのぼって、人類が生まれた頃からの体験というものを感じ取っていく資質を持っていた人であり、そういうものを表現していく言葉というのを見出していった人なんですね。

そういう意味では非常にユニークな作家、つまり日本の近代作家にはちょっといない。しいていえば、宮沢賢治がちょっと似ているというわけじゃないけど、同じようなものがあったかなという感じもする。人間なら人間だけ取っても、彼女の中に古代人が生きているんですね。あるいは狩猟採集民族だったころの人間の記憶が生きている。もちろん農業だって古代以来ずっと変わらぬものもあるし、変わったものもありますが、そういう人類の自分の身体を使った口承ね、そういうところで感じ取った世界というもの、その世界には命が充ち満ちているわけですから、人間が古代原始時代から中世を通して、近世を通して、近代になって、ずっと人間がこの世界と渡り合って、その中から感じ取ってきたもの、これを自分の小さい体の中に全部取り込みたかった人なんです。こういうふうな壮大なことは普通は考えませんよ。

もちろん彼女は一人の近代女性であります。あの人は前近代的な巫女さんのようなものだっておっしゃる方がいますが、もちろんそういう一面もありますが、それ以前に近代女性です。つまり村共同体の中に生まれて、その共同体的なものが嫌で、自分の自我というものが非常に早く目覚めて、自分の自我と周りと衝突するわけですから、常に不平不満がある。つまりイプセンのノラなんです。そういう一面を持っている近代女性なんです。

だから、彼女の若いときのノートを見ると、もう文句ばかり言っているんです。自分が近代に生まれたことにも文句を言っている。「私はこんなところに生まれてくるはずではなかった」と言っているわけです。その文句たるや、あの人の両親は良い両親ですよ、可愛がられて可愛がられてきたんですよ。学校でも優等生で、先生から可愛がられてきたんですよ。どこに不満があるのかと言いたい。それなのに若い頃のノートを見ると、まるでハリネズミ。熊本弁で「ヒネゴネさん」という言葉がありますが、まさにヒネゴネさん。ずっとこの世の欺瞞が嫌いで、偽善が嫌い、うそが嫌い、人々の生臭い息が嫌だ、どうしてこの世は悪意に満ちているのかとか、とにかく意識過剰というか、ハリネズミのような少女だったわけです。しかも、自分の中で近代的な目覚めた女性であったと同時に、一方ではまさに巫女さんのような、あるいはシャーマンのような、まさにあの人はね、タイムマシーンに乗って古代旅行ができたんじゃないの。シャーマンっていうのはさ、一度エクスタシーに入ったならば、世界旅行をする、それだけではなく、時間をさかのぼって旅をすると言われている。あの人はできたんじゃないか、そういう体験がしばしばあったんじゃないかと思う。あの人のノートを見ると、宇宙論、存在論、存在の根本、そういうのが容易ならぬ張り詰めた緊張した表現でずっと出てくるんですよ。もちろん断片的な書き付けであってもですね。だから、ああいうエネルギーというのは、特別な人であったと思う。

そして彼女は何より生命というものを非常に深く、非常に過敏に感じる人であったんです。第一、彼女はおばけを見る人でありましたから。例えば、私たちは以前は仲間たちでよく旅行をいたしました。私の長女が十代ぐらいの時ですかね、旅行について行ってたわけですが、夜中に何か物音、声がするから目を覚ます。そしたら真夜中に石牟礼さんが一人、床の上に座って目の前に何かがいるようにして、何がいるか分かりませんが、ずっと語り掛けているんですよ。だれも居ないんですよ。それで、うちの娘は「この人は普通の人じゃないと思った」と言っております。そういうふうなものを見る人でした。

話が少し飛びますが、澤地久枝さんという人がいますね。ノンフィクションライターと言ったらいいでしょうか、エッセイストと言ったらいいでしょうか。あの方が自分が編集責任者になって雑誌を出されまして、二、三号でつぶれた雑誌だったと思います。彼女が原稿を頼まれて出しました。もちろん私が清書いたしました。そしたらね、澤地さんから電話が掛かってきて、その原稿を受け取って、澤地さんはじめ編集部がみんな泣いたというんです。どんな話だったかというと、夜中に海沿いの高速道路でトラックをはじめ、わんわん車が走るんです。その道路には、夜中に海辺から生き物がはい上がってくる。例えば、はぜとか貝とか、小さな生き物が月夜かなんか知らないけど、磯のすぐそばの高速道路に這い上がってくるの。そしたらみんなトラックとかにひかれて、朝になったら平べったくひかれてしまった残骸がいっぱいあるという話を書いたわけ。で、普通ね、高速道路で車が猫にぶつかったり、狸にぶつかったり、死んじゃうと気になるよね。だけど、自分の車がね、這い上がっている海の小さな生物たちを真っ平らにして走っていくことなんて、誰が気にしますか。誰も意識しないでしょ。誰も感じないでしょ。誰も見ないでしょ。でも、彼女は見て、それを書いたんです。日本国中、海沿いの高速道路ではずっと毎日、こんなことは起こっていたでしょ。誰も書かなかったのよ。石牟礼道子が一人書いたのよ。そういう風なものに目が行くというか、そういうものを感じ取る、並々ならぬ生命に対する一つの共感能力だと思う。

石牟礼さんのことについて話すと、そりゃあまだまだたくさんあります。だけど、今日は、彼女が書き残したノートには、今まで話したようなことがびっしり詰まっているわけですから、そういうノートからなるべく拾い起こして、皆さんに紹介したいと思っていると、皆さんにお告げしたいと思っております。また、日記類などはまとめて入力して頂いておりますから、そのうちに石牟礼道子日記という一巻も出せるのではないかと思っております。

ただ、私が申し上げたいのは、そういうものを含めて石牟礼道子の全著作を読むのは大変なことでありまして、そういうのは研究者であれば若い頃からの未発表のいろんな文章は大事でしょうけど、皆さん達はそこまでご覧にならなくても結構でしょう。ここに来られた方々は石牟礼さんの作品はいくつもご覧になっていると思います。だけど、僕は作品だけでいいので、全部読んで下さいと言いたい。それだけのことはあります。

彼女には随筆、エッセー集があります。それはたくさんあります。随筆集はこの際置いておきましょう。一応、彼女の創作、詩もあれば、短歌もあります。それも置いておきましょう。彼女が書いたいわゆる小説的なものですね。「苦海浄土」も小説ですよ。「西南役伝説」も小説ですよ。聞き書きなんかじゃありませんよ。もちろん彼女が聞き出したものですが、彼女が作りだしたものですよ。もちろん記録としても価値が落ちるわけではありませんよ。記録としての価値はありますが、単なる記録じゃなく、彼女の作品ですよ。

そういうものを入れますと、九つあるんですよ。まずは『苦海浄土三部作』『西南役伝説』『椿の海の記』『あやとりの記』『おえん遊行』『十六夜橋』『天湖』『水はみどろの宮』『春の城』。これは全部読んで下さい。お願いします。

もちろん彼女のエッセーは魅力的だし、たくさん出ております。彼女が亡くなってからも、未発表のやつを二冊編集いたしました。それで、エッセー集も読んでいただきたいのはもちろんですが、何よりいま申し上げた九つの作品を全部読んでいただきたいと思います。そうすると、彼女が命を削って表現したい、みなさんに伝えたいということが、ほとんどちゃんと伝わってくるかと思います。

そして彼女は『西南役伝説』の中に「草文」という文章を書いております。彼女の作品には、気が狂った女性がたくさん出て参ります。気が狂っておりまして、いろんな綴れみたいなものを身にまとって、村の中や町の通り、あるいは海辺の通りや、森の中をしょっちゅううろついて何やら歌を歌っている。そういう狂女、昔はね、村にはそういう名物狂女が一人はいたものです。そういう狂女が彼女は大好き。

ご存じのようにおばあちゃんが狂女で、自分も狂女なんだという自覚が非常にあった人なんです。村や海辺や山を彷徨っている狂女に彼女は自分を重ねているんです。そして「おえんさま」という名前を付けているんだけど、『おえん遊行』という小説は、おえんという狂女を主人公にした小説です。

私が先ほど申し上げました『西南役伝説』の中の一編である「草文」という物語、これがやはり「おえん」という名前の狂女の話なんです。おえんにはいろんな話がありますが、「藁すぼ」といって藁を指の輪ぐらいに丸めて作ってね、その辺の草っ原や道端とか方々にずっと彼女は置いて歩くんですね。それで、村人たちなんかはそれを「おえんしゃまが置いた草文」と言うんです。「また、おえんしゃまが草文を置いていかした」って。彼女の作品は彼女があなた方に遺した「草文」です。読み解いてください。なかなか大変ですけども、彼女が残した「草文」ですから。宜しくお願いいたします。

（二〇一八年一一月一〇日、真宗寺にて）

〈『微妙音』一〇八号（二〇一九年一月）、一〇九号（二〇一九年三月）、一一〇号（二〇一九年九月）、一一一号（二〇二〇年一月）、真宗寺刊から〉

三回忌に

この人が長男の道生さんでございます。道子さんはずっと、道生に会いたい、道生に会いたい、と言っていました。今日は三回忌で十一時から法事がこのお寺であったんですね。道生さんです。よろしくお願いします。この方が妹さんの妙子さんです。結婚なさって西という名前に。ご主人は西弘さん。道子さんの旦那さんが弘さんで、この人の旦那さんも弘さん。この旦那さんは石牟礼さんの仕事をずっと手伝われ、清書なさったり、いろいろお世話なさった方で残念なことに早死になさいました。とにかく道子さんの世話を夫婦でなさった方です。よろしく（壇上に登る）。

こんにちは。みなさんのいらっしゃるこのお寺、真宗寺というんです。石牟礼さんは、ちょうどこのお寺の下に一軒家がありまして、そこをお借りになったんです。それからここに一六年間暮らされました。そしてもうなくなった前住職の佐藤秀人氏に大変よくしていただきました。ご住職さんが石牟礼さんのお仕事というか文章、人柄に惚れこんで、非常に大切になさいました。私も一緒にそのご住職からよくしてもらいましたが、この数珠はその先代の住職の形見です。石牟礼さんはこのお寺で得度をなさいました。いわゆる坊さんになられたわけですが、夢劫という法名です。本人は「むこう」と読んでおりました。本人は宗教の教義なんか何にも知らんのです。ただ衣を着ると恰好がいいもんですから。その当時、お寺で御遠忌という大きな行事がありました。その時は非常に盛大にみなさん全国からも集まられたんですけども、その時、「村のお寺」という題で講師の一人としてお話しをなさったんです。講師の一人に日蓮宗の丸山照雄がおりまして、ショックを受けたんですね。つまり丸山さんは坊主だから、高い段から見て皆さんを教え導こうと思ってるわけです。ところが「村のお寺」という石牟礼さんのお話は壇上に立ったものではなくて、下の方に座ってらっしゃる門徒さんの気持ちからお寺はどういうものかをお話しなさったんですよ。で、丸山照雄さんはショックを受けたんですよ。そういうことがあったわけです。

教団には教学者と言って学者がいらっしゃって、御遠忌に来られて、石牟礼さんの「花を奉る」を聴いて「異安心」と言われた。御遠忌では住職が表白文《ひょうばく》を読み上げるのだけれど、佐藤住職はそれを石牟礼さんに書いてもらった。それが「花を奉る」です。真宗で安心《あんじん》というのは正しい信仰ということですね。異安心というのは間違った安心の仕方、つまり異端ということね。でもその批判を耳にして、前住職はビクともしなかった。

そりゃ石牟礼さんは、親鸞だって自分の詩心で読んでる人だから、異安心かも知れない。だが、前住職は石牟礼さんの詩心を真宗の教えそのものと信じておられた。そこで僕は今思い出すとちょっと笑いたくなるのだが、その住職があなたはどうも神道の方《ほう》ですな、と石牟礼さんに言われたんです。それを非難する意味ではなくて苦笑いする感じで、どうもあなたのは神道の方ですなと。でもね、日本の仏教というのは神仏混淆というのがあります。学者は非難するけども、あれは、信仰というものが、仏教が土着していく過程でありましてね、なかなかのもんなんですよ。まあそういうご縁があったんです。

先代の住職さんには娘さんが二人いて、ひとりの娘さんは男嫌いでとうとう結婚しなかった。二番目のお嬢さんは富山のお寺に嫁に行きました。三人男の子を生みました。まず長男がやってきました。真宗寺の跡継ぎのつもりだったが、本人がどうしてもそのつもりになれなくて、そしたら三番目が今の住職（佐藤薫人氏）ですが、僕が行くくって言って来たんです。小学校の三年生の時でしたかね、僕が行くくって言って来たんです。それからずっとお寺で育って、住職になった。つまり今の住職は先代の住職の孫なんです。これがね、いい子でしたけど、一度ごねだすといやだ、いやだと、もう梃子でも動かない奴でね。僕が英語を教えたんだけど。最初はおとなしく座っているけど、三〇分もしたら、坐り直してアクビするし、とてももたなかったの。そんなワガママ者だったけど、第二高校行ってラグビーやったんです。それから福岡教育大へ行ってラグビーやったんです。これがとてもよかったんです。それで、とてもいい住職になりました。

石牟礼さんの遺骨は三つに分けて、ひとつは水俣の石牟礼家のお墓、ひとつは道生くんのところ、もうひとつが真宗寺の納骨堂にはいっています。住職が言うには、この本堂の裏にちょっと小高い丘がありまして、そこに石牟礼さんのお墓をつくろうと言うんです。そうすればみなさんがた、いつでもお参りになりたいときにお参りになられると思います。石牟礼さんは魂ということをしきりに言ってて、それで僕が「あなた魂なんて信じてるの」というと、死んでからしばらくはいる、しばらくはいて僕の肩の先に留まってるんだって、そんなこと言っていた。だから魂というのがあってね。実川悠太さんていう東京で水俣フォーラムというのをやっていて、事務長もされてる方がいまこの中にいらっしゃいますけど、彼の企画で水俣展というのをやっていて、熊本市でもやりましたし、福岡市でもその前にやりましたが、また来年、福岡市でやるんで、そういうことをやっておられる方です。実川さんが東京で一番最初に水俣展をやった時（一九九六年）、緒方正人さんが帆かけ舟、うたせ舟ですね、不知火海の。あれは遠洋航海するような船じゃないよね、それにわざわざ東京まで乗って行って最後焼いたんですね。そういう儀式をやった時、石牟礼さんが魂ということをおっしゃると、東京の活動家には魂という言葉に非常に反発するひとがいて、もう魂なんて言われたら嫌だという人がいたわけです。

とにかく石牟礼さんは魂ということを常に考えていた。それからあの人はお化けを見る人で、まだ彼女が教員養成所かなんか行ってる時かその後か、朝、彼女の親友が竈の前に座って、あなた何しに来たのって言ったら、早朝ですよ、そしたらふっと姿が消えた。そしたらその時間にその友達が自殺していたということがわかった。そういうのが見えてる、あの人はね。だから石牟礼さんの魂はここにあるんです。そういう深いご縁のお寺なんです。

ここに石牟礼道子資料保存会というのがありまして、彼女は熊本に仕事場を設けましたから、最初の仕事場では荷物がリヤカー一台だったんですが、それがいろいろだんだん増えまして、亡くなった時に、掲載誌とかも全部、この本堂の二階に収めて下さったんです。この住職がね。それで石牟礼道子資料保存会と言いまして、さっきから司会をやってる方はこの保存会の人で、RKK熊本放送のプロデューサーです。月に二回集まっておりまして、毎回十人を越える方が来て、もう四、五年になりますか。そういうこともありますし、このお寺で命日に、こういう偲ぶ会をずっとやっていかれるそうですから、こういう資料室があるということ、そして毎年命日に偲ぶ会をやるということで、どうぞみなさん、今後ともよろしくお願いします。

それでわたくしは石牟礼さんのことはいろいろ本に二冊書いております、石牟礼さんの作品についてては。だからことさら申し上げることはないですけど。ただ、わたくしはあんなに早く亡くなるとは思っておりませんでした。晩年は施設に入られて、その施設に入られたきっかけは転倒骨折したことがきっかけになっているんですけど、あとはパーキンソンがだんだんひどくなって、最後は施設に入られたわけですけどね。晩年の闘病はやっぱり非常に苦しい闘病だったと思うんです。でもね、あの方はね最後まで寝たきりにはなられなかったわけです。自分では発作と言ってましたけども、息苦しさが起こってくる、そうするとベッドに横になって一時間か二時間、収まるまで横になってということはありましたが、その発作が起こらない時は車椅子に座って机に向かって何か書いてました。最後まで作家だったんです。

最後は誤嚥、食べ物が気管に入ったりして肺炎を起こして日赤に入院したんですけどもね、行ってみたらからだがくくりつけてあるんですよ。どうしたかと思って看護師さんに聞いたら、そうしてないと点滴を引き抜かれますとおっしゃるんです。柵があるでしょう、ベッドには。それを乗り越えようとしたんですよ。まあ、それだけ仕事をやりたかったんでしょうかね。柵を乗り越えようとして転落して、またちがう骨を骨折したんです。かなり具合が重くなりましたけども。手術も成功しましたし、それで退院された時、まだこれからあと四、五年は生きていらっしゃることとわたくしは思っておりました。

ところがある日主治医からあと一週間が峠ですと言われた。で、ぼくは何?と思ったの。峠というのは一週間危険な状態を越したらあとは大丈夫という、だいたいそういう意味でしょう。ところが主治医の院長さんは峠という言葉を違ったふうに使われたんですね。ぼくは、今はちょっと病状が悪いけれども一週間くらい経ったらまた病状が良くなると思っておりました。ところがそうではなくて、余命一週間という意味だったんですね。医者ってたいしたもんで、九日目で亡くなりましたね。院長はずっと往診してくれたんだけど、一週間経ったとき、「いやあ」となったんです。「強い！」とおっしゃった。まだもってるわけです。最後も車椅子に座っておられて、きついからと言って横になって眠り込んだ、そして眠り込んでもずーっと意識が回復しなかったの。そして三日くらい経って亡くなったの。そしてその間苦しむことが一度もなかったの。だから本当にそれはよかったんだけどもね。

だけど最後まで仕事したんです。それは一つには、朝日新聞に月一回連載をしていて、上原佳久さんという記者が月一回口述筆記をとりに来ておりまして、最初はわたしが口述筆記しておったんですが、うまくいかなくなったんです。上原って方はどんなふうにやるのか、上手に話を引き出して口述筆記でうまく原稿をまとめてくださったんですけども、亡くなる十日前に原稿を渡しました。それともう一つは、右田和孝さんという読売新聞の記者が、ずっと月一回俳句を取りに来られてちょうど二〇句作った時に亡くなったんだけど、それもその俳句を渡してから一週間くらいで亡くなりました。最後まで現役の作家だったんです。わたしはね、さっきも言いましたように峠という言葉を普通の意味で理解したもんですから、まさか亡くなるなんて全然、思っておりませんでした。あと四、五年は生きておられることと思っておりました。しかし、そうとう本人はきつかったわけでね、だからあんなふうに安らかに逝かれたというのは、あとに遺された者としては心がそれだけ軽いです。

わたしはそれまでずっと施設に行っておりました。わたしはだんだん体力が弱ってきまして、あと二人に手伝っていただきました。一人は米満公美子さんというヘルパーさんで、この人は前からお手伝いしてくださった方で、この方が週に一回来てくださる。もう一人は阿南満昭さんで、わたしの古い友人で、この方に相談して週に一ぺん来てもらう。それでわたしは週に五回行けばいいわけですね。それでずいぶん楽になりました。それでもしんどかったもんですからね、阿南さんにもう一日増やして二日来てよ、お礼もちゃんと差し上げますからと言ったら、いやです！と。どうしてもいやです、もう一日で十分、疲れますと言うのです。わがままというかなんというか、一日で十分疲れる。彼女のわがままは家族の方がよくご存知だと思いますが、まあ、たいへんな人だったわけです。

たとえば一例をあげますと、鉄道で大分へ行くと、竹田の前あたりでさらさらさらっと水が流れる音がする、きっときれいな川が流れてるのよというわけよ、そこへ行こうというわけよ。ああいいですよ、それで上熊本駅の前で待ち合わせしました。ぼくは必ず一〇分か二〇分か前には行っとるわけ。でもいっこうに来ない。急行列車がホームに入ってきたとき、やっとタクシーで着いた。それでぼくは駅員に「あの急行とめといて」と頼んだのよ。それで竹田に着いた。竹田の駅の前に広い川がある、枯れ川のような川があって、そしたら「ここじゃない、帰る！」って言うのよ。帰るって言ったって、すぐに急行はないし、それで岡城に行ったり、田能村竹田という有名な絵描きの記念館もありますから、そういう所を回ってなんとか帰ったわけですけど。まあ、そういう方だったんです。たいへんだったんです。

玉三郎が大好きで、玉三郎の映画を電気館で観るっていうからお伴したら、「映画館は寒い。

パンティ一枚しかはいてないから、もう一枚買う」って言うのよ。新市街のどこでパンティ売ってるというの。結局店を見つけて買いましたけど、映画が始まっちゃうのじゃないかと気が気でならない。どうしたって言い出したらきかん。わたしはたいてい言うことは聞くんだけど、時々はそういうことはしない方がいいとか言うわけ、そしたらね、他の者に頼むの（爆笑）。それでね、ぼくはずいぶんあの人に文句言ったんです。さっき言いました米満さんていう人ね、今日はお仕事があってお出でになっていないですけども、この方がね、どうして渡辺さんは石牟礼さんをあんなに叱りなさるんかねと言ってたのが、わかるようになりましたと、ある日おっしゃる（笑）。それでね、ずいぶんやかましく言ったんだけども、ぼくがやかましく言うとね、「しかーられて、しかーられてー、あの子は町へおつかいに」（と渡辺さんが歌う）と歌うんです。なんでも絶対にしたいようにする。

彼女は猫大好きでね。生まれて間もない子猫が迷いこんで来たのを可愛がってたの。そしたら、その猫がお寺の庭で車にひかれて死んだ。彼女はちょうど水俣のわが家に帰っていたので、お寺の若い衆たちが埋葬した。帰ってきた彼女はそれをまた掘り出させて、一晩供養して埋葬し直したのよ。とにかく思い通りにせずにはすまない。

ぼくは彼女を最初から天才と思っておりましたが、亡くなったあといろんな著作を読み返しておって、ほんとうに天才と思いました。それでぼくは大好きな彼女の詩を朗読してみます。坂口恭平さんがすばらしい歌をうたって、伊藤比呂美さんは朗読の名手ですからね、その後でやるっていうのはどうも（拍手）。これはほんとうに彼女らしい詩で、ほんとうに彼女をよく表現している詩だと思いますので、「幻のえにし」ね。ちょっと長いけど（「幻のえにし」を朗読する）。

幻のえにし

生死《しょうじ》のあわいにあればなつかしく候《そうろう》
みなみなまぼろしのえにしなり

おん身の勤行《ごんぎょう》に殉ずるにあらず
ひとえにわたくしのかなしみに殉ずるにあれば
道行《みちゆき》のえにしはまぼろし深くして一期の闇のなかなりし
ひともわれもいのちの臨終《いまわ》　かくばかりかなしきゆえに　けむり立つ雪炎《せつえん》の海をゆくごとく
なれど
われより深く死なんとする鳥の眸《め》に遭えり
はたまたその海の割るるときあらわれて
地《つち》の低きところを這う虫に逢えるなり

この虫の死にざまに添わんとするときようやくにして　われもまたにんげんのいちいんなりしや
かかるいのちのごとくなればこの世とはわが世のみにて
われもおん身も　ひとりのきわみの世をあいはてるべく　なつかしきかな
いまひとたびにんげんに生まるるべしや
生類《しょうるい》のみやこはいずくなりや
わが祖《おや》は草の親　四季の風を司り　魚《うお》の祭を祀《まつ》りたまえども　生類の邑《むら》はすでになし
かりそめならず今生《こんじょう》の刻をゆくにわが眸《まみ》ふかき雪なりしかな

（二〇二〇年二月九日、真宗寺にて）

〈「石牟礼道子資料保存会報4」二〇二〇年八月掲載〉

幻のえにし

石牟礼さんは器用な方というか、何でもできる人でねぇ。単に手仕事というんじゃないんだけど、ああいう風に、才能を多方面に与えられた人というのは、私は初めて見ましたね。妹さんで妙子さんという方がいらっしゃるんだけど、「姉ちゃんが何もかんも持っていった」っておっしゃっていたんです。

もちろん、文筆の才能は、作品書いてらっしゃるからご承知の通りだけれどもね、まずね、絵がうまかったの。若い頃描いた自画像とかね。彼女には腹違いのお兄さんがいたんですよ。お父さんが天草の下島の、山の中から出てきた人でね。お父さんは石牟礼さんのお母さんと再婚なさったんですよ。石牟礼さんのお母さんは、上島の石工の棟梁の娘なんですよね。それで父さんは、お母さんの父親の松太郎という人に帳面付けで雇われて、それで石牟礼さんのお母さんと一緒になったんですね。

それで、石牟礼さんのお母さんと再婚する前に、天草に置いてきた別れた嫁さんとの間にね、男の子がいたわけね。その子がね、石牟礼さんが代用教員をしている頃だと思うけど、当時は大東亜戦争と言ってたんだけど、戦争が最後の局面になった時ね、突然天草から出てきて、石牟礼さんの家で暮らすようになったの。だから石牟礼さんはそれまで、そんな兄ちゃんがいるなんて全然知らなかったわけね。ところが、このお兄ちゃんがねぇ、大変性質が良い方だったらしいんですね。石牟礼さんのお母さんは「神さんの子供」と言いよんなはったそうだけれども、兵隊に取られて沖縄で戦死されたんです。ところが沖縄で戦死した時に大きい写真がなくて、小さい写真しかないから、お家で葬式を出すときにね、小さい写真は飾れないでしょ。ネガがあればさ、引き伸ばしができるけど、ネガ無いわけで、石牟礼さんはその写真を元にしてね、遺影にできる大きさの肖像を描いたんですよ。それは今でも残ってますけど、もうプロの絵ですよ。

そして、秀島由己男という版画家がいらっしゃいまして、みなさんご存知でしょ。秀島さんは熊本が生んだ優れた画家の一人ですけど、若い頃から石牟礼さんの家に出入りしていてね、石牟礼さんの弟分のような方でしたが、二人で水俣の画塾に行きよんなはったんですよ。そして、秀島さんが「あん人（石牟礼さん）の方が私より上手だった」て言いなさるんですよ。それでね、ずっと絵をやっとったら、ちゃんとした一人前の絵描きになっていただろうと。そういう風に絵が描けるでしょ。

それから書道も上手。字が上手でね。小学校の時からさ、展覧会なんかに作品が出されていたわけなんだけど、篠田桃紅という書家がいらっしゃいますね。あの方が激賞なさったと言いますからねぇ。これは晩年、大人になってからの彼女の書ですけども、書も一流なんですよ。次には歌ね。彼女はものすごいソプラノで、普通の歌い方じゃなくて、音楽学校出た人のような歌い方なの。すごく高いソプラノで、実に綺麗だったのね。歌手になろうと思ったらなれたでしょうね。つくづく後知恵だけどねぇ、録音しとくと良かったね。CDにして売り出すと良かった（笑）。本当に素晴らしい歌声でした。

それから朗読。彼女はね「苦海浄土」を出してしばらくテレビやラジオにモテモテだったのよ。テレビなんかしょっちゅう引き出されてね。そこで朗読をしたのよ。そしたら、山本安英がそれを聞いたのね。山本安英ってご存知？　若い方は…あんまりいないかここには（笑）。だったら大丈夫だ。山本安英は知ってらっしゃる世代の方々ばっかりですね。ま、名優ですね。石牟礼さんの朗読を聞いて「負けた」って言ったそうです。安英さんは朗読の名手で鳴り響いていたわけですね、その安英さんが「負けた」って言ったそうだから。とにかく何でもできた人なのよ。

そして料理がまた上手なの。変な自慢になりますが、私は二人の名人を知っておりまして、うちのお袋と石牟礼さんです（笑）。だけど、うちのお袋は京都にいたころ、ホテルのコックから「あなた才能があるから、フランスに行って勉強しなさい」と言われたのが自慢だったけれど、石牟礼さんの料理もね、プロ的なの。もう出汁の取り方からしてね。どこで覚えたのか、本当にプロ的なの。晩年はねぇ、パーキンソンで施設に入って、車椅子に乗っていたの。施設からちゃんと食事が出てきて、食べてみると美味しいのよ。でも、体もかなわないくせに、それを食べないで、自分で電気釜で炊き込みご飯作ったりなんかしてたのよ。だから施設のヘルパーさん達が「危ないからやめなさい」って。かかりつけ医の託麻台リハビリテーション病院の院長さんもね、「料理はやめてください」っておっしゃったの。ところがこの人は、人の言うことを聞く人じゃない。だから晩年までやってたの。

そしてね、とにかく手仕事が好きだった。好きだけじゃなくて、「手仕事の意味について書きたい」と、晩年そう言ってたね。彼女は裁縫も得意で、一つの自慢がね、戦後結婚してさ、旦那は中学校の先生で背広着て職場に行くんだけど、衣服が乏しい時代でしょ。それで彼女はね、米軍の放出物資の軍服ね、これ買って背広に仕立てたの。背広ですよ！　どうやって背広に仕立てたかって言うとね、古くて使えなくなった背広を解いたわけ。解くとね、全部わかるんだって、どんな風に仕立てたら良いか。それで背広作っちゃったんですよ、あの人は。

アルバイトで近所の人の裁縫仕事もしてたの。結婚した後、生活が苦しいからね。ところが石牟礼さんはね、「お代は？」って言われると、「よろしゅうございます」とか言うの。本当は欲しいくせにさ、喉から手が出るように。「おいくらお礼したら良いですか？」「よろしゅうございます」とか言っててね。向こうは「よろしゅうございます」って言われたらね、「そうですか」ってありがたい話でね。お金にならないんですよ、そのアルバイトがねぇ。

戦後のことですから、おばちゃん達に連れられて、品物を買い込んで農村に売りに行くでしょ。そうするとね、彼女はね自分の持ってる分を売りきらんわけよ。小川あたりで遊んでるわけよ。そしたらおばちゃんが全部彼女の分まで売ってくれよったって言うからね。ま、そんな風だったわけよ。

『椿の海の記』という彼女の自伝的な作品がありますが、それ以外にも色々書いていらっしゃいますけど、小さい時から、水俣の栄町通りというところで育ったのね。チッソの工場がやってくると、そこに町ができるわけね。まず女郎屋ができるんですよ。そうすると、彼女は栄町通りでうろうろしてるんだけども、まず興味を持ったのが髪結いさんね。一日中、髪結いさんのところに上がり込んでね。当時は日本髪だよね。「だから私は今でも日本髪結いきる」って言うんですよ。ずーっと一日いたから。可愛がられてたんでしょうねぇ。それからまた鍛冶屋さんができるでしょ。トンテンカンテンやってるね。それをじーっと見てるわけ。

彼女はね、ノートを二〇〇冊ばかり残してるんです。若い時からのノートをね。このノートが汎用ノートなんです。つまり、これは日記、これは家計簿、これは読書ノートって分かれてないの。全部ぶち込んであるの。旅行するでしょ、あの人は取材旅行とか講演旅行とかで月に二、三回行きよったんですよ。あのエネルギーはすごいんでね。そしたら行った先で、必ずいろんな人の話を聞いて書き留めてるのね。それは別に、作品にしようということでもないの。

で、それを見るとね、彼女は技術的な事に関心があるのね。つまり魚なら魚をね、漁なら漁の話でも良いし、大工さんの話でも良いし、そう言う専門的な技術的な話に非常に興味を持ってることが分かるのね。

それが何かって言うとね、この天地の中で人間が投げ出されるとね、やっぱりやることと言ったら、生きていくには天地と関わって、天地に働きかけることでしょ。天地に働きかけるという事は、手で働きかけるわけでしょ。手仕事になるわけですね、全部ね。だから要するに、手仕事というのは天地の心を知ることでもあるでしょ。そういった意味を彼女は持っていたし、関心の持ち方をしていたんだろうと思いますね。

要するに手仕事が好きだったってことなんだろうけどね。ただあの人はね、『椿の海の記』をお読みになると大事な所があるのよ。それはね、彼女は赤ん坊の頃のことまで覚えていたわけじゃないと思うけどねぇ、でも話を聞くと相当早くから記憶が始まってる人なんだよね。その『椿の海の記』には、大事なこと書いてるの。それはね、生まれてきた赤ん坊は自然の一部だって言うわけ。自然の一部でね、全く差別がないわけよ、その辺の草とか木とかね、吹いてる風とかね。同じものなのよ。ところが、そういうものと分離して人間として作られていくのが赤ん坊の時、幼少の時だって言うわけよ。つまり自然との分離が始まるわけ。人間の社会の一員に自分がなっていくわけね。彼女のこの感覚はね、やっぱり相当深いところなんだよね。

それで、彼女は根本的なところで、「人間の娑婆に入りたくなーい」と思ってるの。「入りたくなーい」と思ってるけどね、入ってみるとね、やっぱり人間の娑婆のいろんなところが見えてくる。それに敏感な人だった。またそれはね、自分の心の中を眺めこんでみても、自分の心だけが綺麗で娑婆の人間の心が汚いっていうのじゃなくて、自分の心の中にも娑婆の人と変わらないものがあるって感じたの。それは何か？　欲である、欲。つまり、欲を持つということが、その辺の犬の子とも変わらん、ウサギの子とも変わらん、リスの子とも変わらん。そういう存在が、人間の娑婆の赤ん坊になっていくプロセスであるわけですねぇ。そうするとね、それが愛しいわけ。その娑婆の中で暮らしていくことが自分は苦しいけど、苦しいと同時にそういう煩悩を抱え込んだ人間が愛しい。そういう人間に対して共に歩いていく、これが非常に根本的な彼女のテーマになるんです。

今日はなんかご注文があって、最後に詩を朗読してくれとおっしゃるんでね、一つ読もうと思っとります。と言うのはね、私は詩の朗読なんていうのは、熊中時代やったきりで、やったことない。熊中っていうのは今の熊高の前身ですね。僕は満州、大連から引き揚げてきて熊中に入りましてね。その時、今も思い出があるんですが、国語の時間に島崎藤村の詩があってね、当てられて朗読した以来だね。そしたら国語の先生が「ホォー」って感心して聞いて、「よかなー」って言いなはったけどね。だからそれ以来、詩の朗読なんてやったことないんだけど。

先日、石牟礼さんの三回忌がありまして、早いものでもう丸二年経つわけですねぇ。その時、三人出演しましてね。一人は、坂口恭平さん。もう良い歌やってくれましたよ。ギター弾いて、彼女の詩に曲をつけてね。本当にね、素晴らしい歌でした。それから次は伊藤比呂美さんですが、色々楽しい話をしていただいて、最後は石牟礼さんの詩を朗読なさいました。そして私もお話をして、「幻のえにし」という詩を朗読したんですが、なんというんですか、それが熊中以来の詩の朗読だったんですねぇ。ところが、またしろっておっしゃるんですよ。

それをね、後で読もうと思ってるんですが、この詩に出てくるのがね、「いまひとたびにんげんにに生まるるべしや」と、もう一度人間に生まれてくるべきであろうかと問いかけてるわけ。「生類のみやこはいずくなりや」って言ってるわけ。この「生類のみやこ」って言うのはね、その中で「道行」という言葉が出てくるんだけど、「闇の中の道行」ね。それで一番最初に「おん身の勤行に殉ずるにあらず　ひとえにわたくしのかなしみに殉ずるにあれば」って出てくるのね。「おん身の勤行」というのが何を言ってるかというとね、昭和四四年に水俣病患者の訴訟派の二九家族が熊本地裁にチッソを相手取って訴えました。石牟礼さんは、その以前から水俣病市民会議というのを水俣でお作りになって、患者がその熊本地裁に訴えて裁判が始まると、ずっとその支援活動をやってらっしゃいました。おかげでこの熊本でもね、その支援活動を私なんかもやらされたわけですけど、「水俣病を告発する会」というのを作ってやらされたわけ。ま、やらされたというか、やったわけですけどね。

そういうふうな水俣病の被害者に対する支援運動、それを「おん身の勤行に殉ずるにあらず」て言ってるんですよ。つまり、「私が水俣病の裁判闘争であなた方に加勢しているのは、あなたたちがやろうと思っている事に殉じているわけではございません」ということなの。殉ずるというのは、「あなた方に何かしてあげようというわけではない。あなた方のために何かするっていうのではございません、私がやっているのはひたすら、私の悲しみに殉ずるためにやっているのであります」と、こう言っているんですね。ということは、自分が患者の支援活動で一生懸命やって、彼女の力は大きかったわけですが、水俣病の患者のためにやってるんじゃないんだ、自分の悲しみのためにやってるんだ、と、こう出てくるんですよ。この詩の中でね。

ということは、生まれ落ちてきた時からね、この人間の世の苦しさ、哀しみ、つまり人間になっていくということは、この大きな天地自然、そういうものからどんどん離れてしまうことなんだ。欲、つまりエゴイズムの世界にずっと入り込んでいってしまうわけなんだ。そういう世界は言葉が通じないんだ、言葉が繋がり合わないんだ。そういう世界なんだ。だけど、そういうものに対して、非常に悲しみを持って、そういう悲しい人間の存在、あくまでそういうものを見捨てるんじゃなくて共に歩いていく、つまり道行をする。しかしその道行をするのは人間とだけじゃない、と言っているわけなんですよ。

そして、その道行の中で、「われよりもふかく死なんとする鳥の眸に遭えり」と言う。死のうとしている鳥と出会う、死のうとしている鳥のその眼差し、その目の色、それに出会う。さらに、地面を這っている虫に出会う。そういう、死のうとしている鳥、地面を這おうとしている虫、そういうものと道行するんだ、単に人間と道行するんじゃない。そういうものと道行する。だから、「再び人間に生まるるべしや」という問いが出てくる。「生類のみやこはいずくなりや」という問いが出てくる。それでその「生類の邑」というのは、祖《おや》たちがいる、祖はご先祖様、あるいはご先祖様以上の天地を成り立たしめているものかもしれない。それを「祖」と彼女は呼んでいる。その祖とは草の親である、つまり草木一切を育てている祖である。「魚《いお》の祭り」を司っているものである。さらに風の行き来を司っている祖であると言う。そういう祖はどこに行ったのか、生類の邑はどこに行ったのか、という問いかけをしている詩なんですね。根本的なテーマで出てくるわけなんで、彼女は最後まで水俣病のことから離れきらないでいましたね。

最初に患者さんに会ったのが三〇代の終わりぐらいなんですかね、腕とか足とかね、もう痩せこけてね、流木のように痩せてしまった老人の重症患者がいたんですよ。釜さんと言う重症患者ね。その時に、その老人の魂が自分に乗り移ったと言ってるんですね。これは『苦海浄土』の中でそう書いている。それ以来ずっと水俣病のことをやってきたんだけど、そうすると水俣病のジャンヌ・ダルクみたいになっちゃうわけなんだよね、マザー・テレサみたいになっちゃうわけね。すると、「違うー！」って彼女が言うわけ。私はそういうね、可哀想な人を救うとか、そんな立場じゃないのよ、って。私が水俣病をやってるのは自分の悲しみに殉じているのよと、こう言ってる。というのは自分が小さい時から自分が自然と分かれて、自然そのものの存在から分かれて人間に形成されていく、そのことを非常に深い悲しみとして感じていた。そういう悲しみ、自分の一生のテーマを、たまたま水俣病の中に見出しているだけなんだ。だから決して患者さんのために何とかやってるとか偉そうなことじゃなく自分の悲しみを表現してるだけなんだー、と、彼女はその詩の中で言ってるんです。

この詩がいつできたかというとね、「苦海浄土」には一、二、三部とあります。第一部は私が昭和四一年にほぼ一年間かけて発行した「熊本風土記」という雑誌に最初に載ったんです。そして、ちょうど裁判が提起される直前の昭和四四年に講談社から本になりましたよね、その第一部はまさに水俣病の患者の実態をずっと書いている本ね。第二部は、これはその後の、患者さんの裁判闘争が書かれている。例えばチッソの株主総会の壇上を占拠して、浜元フミヨさんが巡礼姿で江頭社長に迫っていくというような、非常に感動的なシーンも含んでいたわけですけど、そういうふうな裁判闘争を描いている。

第三部は「天の魚」という題で、裁判やったのは渡辺栄蔵じいさんを代表とする訴訟派といわれた患者さんたちですけど、川本輝夫という人が未認定の患者をずっと発掘して、そして何度も何度も申請して、そして新しく患者として認定された人たちのことを描いている。だけど、川本さんは裁判に参加しようとしなかった。裁判に参加せずにチッソの東京本社に乗り込んで直接交渉しようとした。これが一九七一年、つまり昭和四六年の一二月八日でした。一二月八日って言っても、何の日か分からんよね。大詔奉戴日なの。大詔奉戴日って、「昭和一六年一二月八日、我が軍は米英軍と戦闘状態に入れり」って、大東亜戦争が始まった日なの。奇しくもその一二月八日に、川本さんたち患者がチッソ本社に行った。ただ、社長が会うかどうか分からない。ま、一応会いはするだろうけど、「もう裁判やってますから、裁判の結果を見てください」で追い返すだけなのよ。だから川本さんたちだけやってもしょうがないから、僕ら「水俣病を告発する会」がチッソ本社を占拠する方針を決めたの。

ちょうど患者たちが重役たちと会う会議室を中心にT型に廊下を占拠したら、その会議室を缶詰めにできるのね。だから二〇〇人ぐらいで占拠したのよ。熊本からは五〇人ぐらいで行ったけど、熊大生がいっぱい来てくれてね。そいつらも、今はもう七〇ぐらいのじいちゃんになっとるけどね。当時はブルートレインという列車があって、それで上京したの。そしたら「ブルートレインは生まれて初めて乗った!」とか言ってさ(笑)。列車の先頭から後ろまで走り回ったりして、ま、そういう奴らを東京連れて行ったのよ。東京の「告発する会」が、さらに人数出してくれて、二〇〇人で占拠して、三日ぐらいおったけどね。その後、機動隊に全部出されたけどね。

それからチッソ本社前にテント構えて、ずーっと座り込んでね。それが昭和四六年一二月でしょ。四七年いっぱい継続した。そして四八年の春に判決が下りて、その後、訴訟派が一緒に東京に乗り込んで交渉して解決するんだけど、それまで丸二年間ぐらいテント継続したの。だけどね、患者をテントに泊めとくわけいかんでしょ。石牟礼さんは自分がテントに泊まった経験を書いているけど、とにかく冬だから落ち葉がいっぱいあるでしょ、それを掻き集めて布団の代わりに寝たとか、書いてるけどね、それはちょっとね（笑）。

布団はちゃんと持ち込んでたと思うよ、テントの中にね（笑）。だけど、患者をそこに泊めるわけにはいかんからね、豪邸を借りたの。そこには世話をするために、いっぱい学生が集まってくるわけよ。女子学生が主力だったけどね。患者さんに飯を食わせたりせにゃいかんからね。なぜそんな豪邸が借りれたかというとね、とにかくチッソ前のテントは、もうカンパカンパなの。毎日花は来るは、お菓子は来るわ。最後は爆弾までいらんか、と来た奴がいたのよ。私がテントにいたら、妙な若い奴が入ってきてね、こう、下から見上げるのよ。「爆弾はいりませんか、要るならお世話します」と。私は「ああ、間に合っとります」と言いましたけどね（笑）。そんな妙なやつまで来よったんです。とにかく差し入れも大変だった。

差し入れだけじゃなくて、例えば新宿あたりの盛り場でいっぺんカンパすると一〇万円は軽く集まるの。五日あったら五〇万円入るの。だからあの頃はねぇ、まあなんていうか、都民の支持を得たわけよ。チッソが悪者みたいになっちゃってね。それで金はなんぼでも入ってきたからねぇ。石牟礼さんもほとんどそこに泊まり込んでたの。一番楽しかったんじゃないかな。女子学生がいるでしょ、「何を買ってきなさい」とか、さんざん女子学生を使いこなしてね。自分は原稿書いてね。だからその頃は非常にハリがあったんじゃないかね。それを書いたのが第三部の「天の魚」なの。そして今、私が朗読しようと思っている詩は、その第三部「天の魚」

の序詩なの。一番最初に載っている詩なの。

本当は第一部の後に第二部ができなきゃいけなかったんだけど、第二部はすっ飛ばして、第三部が先にできたちゃったの。まあ石牟礼さんの根本的な孤独っていうのは、やっぱり僕は思うんだけどね。彼女が書いてるんだよ、ハスの花が大好きでさ。ハスの花は夜明けにパカって開くでしょ。誰もいない池の中で一本のハスの花がパカって開く。その花びらの中に赤ちゃんが座っている。そんな大きなハスの花なんてあるかどうか知らんけど、赤ちゃんが乗っかってて、その赤ちゃんはハスの花の中で真っ裸で一人、わぁーん、わぁーん、わぁーんと泣いている。その泣いてるのは、「おっぱいくれ」と泣いているのではない。「お母ちゃーん」と言っているのでもない。人間の根本的な孤独ね、この世で存在することの根本的な孤独というものを、その赤ちゃんは表現してるのね。石牟礼さんの根本的な孤独って、そういうもんだったのよ。そういう人だったのよ、あの人は。

あの人はね、両親はもう立派なんですよ。お父さんは青年時代は村の青年団長でやかましもんで通っていたそうでね。彼女の作品に出てくるけど、ちょっと哲学者めいたところもあってね。だけど、酒乱を起こすと大変で、お母さんが子供を抱いて隣の家に避難するなんてこともあったらしいけど。だけれどもね、立派なお父さんなんです。お母さんと言ったら、人の悪口を言ったことがない、というような人なんです。お母さんの人柄が良いから、もてなしが良いから、近所のおばちゃん達がいっぱい集まって来よったの。近所のおばさんが集まると、誰それの悪口になるわけよ。お母さんはね、皆が帰った後でね、「あの悪口は嫌だー」って言っていたらしいの。私も存じ上げておりますけど、本当に体の大柄なゆったりとした人でね。とにかく私がご飯をご馳走になると、ご飯がお茶碗にてんこ盛りなの（笑）。そういうお母さんでね。

弟妹たちはみんなお姉さんを尊敬してるでしょう。勉強できたからねぇ、先生はみんな可愛がるでしょう。文句ないはずですよ。家は石屋の棟梁で小さい時は、とても贅沢な生活してるんですよ。それが事業が破綻して差し押さえされて、急に貧乏になっちゃった、というね、辛い思いはしたでしょうけどね。とにかく皆から可愛がられて育った人なんですよ。文句ないはずよ。それなのに一〇代から書いてるものを読むとね、違うんだよ。

今度それが本になったんです。彼女が一〇代に書いてるものと、その後、ノートから出て来た未発表の作品を今度一冊の本にしました。それに載ってる初期の作品を読むと、まるでハリネズミ。もう、世の中に反抗してるの。熊本弁では、「ひねごねさん」とか言うでしょう。なんの文句があるんじゃ、親からも可愛がられ、先生からも可愛がられてね。小学校だけで辞めて紡績女工に行こうと思っとったら、先生たちから惜しい惜しいと言うんで、水俣に当時四年間通う実務学校っていうのがあったのね、そこに行きなさい、行きなさいって先生たちから勧められて、そこに行くんだけどね。一六歳で代用教員になって、文句ないわけなんですよ。どこに文句があるんじゃ。それが書いたもの読むとね、自殺未遂やってるのよ、自殺未遂を何回もやってる。

とにかくね、なんと言ったらいいか、この世は寂しいーということが一つと、美しーいものに自分はなりたい、あるいはこの世で美しーいものを見たい、その美しーいものに自分はなりたい。若い時からこれ。大変だよね、そういう思いでいると。それは色々出て来ますわなぁ。でね、一〇代で自殺未遂やってるでしょ。とにかく大変なんですよ。だから根本的にそういうふうな、この世にあることの切なさ。人間は嫌だ、その嫌な人間が恋しい、こういう両方の気持ちあるからね。煩悩が深いわけよ。

とにかく彼女はね、若い頃は実際本を読んでるんだと思うけど、いわゆる文学少女だったことはないの。代用教員時代に自分よりちょっと年上の代用教員仲間と一緒に暮らしてたことがあるの。そのお姉ちゃんがね、文学少女なのよ。「山のあなたの空遠く、幸い住むとひとのいう」って『海潮音』ね、あれを朗読するわけよ。彼女は「へえー、初めて聞いた」って感じだったと言うのよ。自分は「雨ニモ負ケズ…」って、あれしか知らなかったって。それは代用教員になる時の講習会で、ある先生が黒板に書いてくれた、と言うわけよ。その時に覚えたと言うわけよ。それは何とか覚えたわけだけど、いわゆる文学少女でなかったというのよ。だけどね、それじゃあ、ああいう文章をどこで覚えたのか。不思議ね。だからある程度読んでおるなとは思う。だけど、私が知ってからの彼女は私の本なんか読んだことない（笑）。「読みました」とかって言ってるけど、嘘。あの人の本の読み方見てたら、真ん中読んで、前読んで、後ろ読んで、ひどいんだよ（笑）。つまりねパラパラ開いててね、面白いとか、いいってところだけ読むのよ。私の本はそうじゃないからね。こういうわけでこうでありまして、こうなるから、こうなっておりますという話だからね、最初から読んでもらわないと困る。それをあっち読み、こっち読みされたんじゃあね。

彼女はそういう一番贅沢な読み方をするの。自分の栄養になるところだけ読むの。この読み方は伊藤比呂美がそうなのよ、呼び捨てたらいかんけど。坂口恭平がそうなのよ。そういう読み方なのよ。私は絶対そういう読み方はできないのよ。だからね、本当にあの人は不思議な人で、一を聞いて百を悟るという感じ。十どころじゃなくて百を悟ると言うような人だったのかなぁと思うのよ。

そして、これほどわがままな人もなかったしねぇ。世の中に対して好奇心が非常に強いのよ。それはもう、一緒に歩いたらわかるんだよ。ある時、一緒にタクシーに乗ってた時に、僕ら二人は後ろに乗ってるでしょ、そしたら「あーっ」とか言って、「あそこになんとか!」って声出すわけよ。で、タクシー運転手が「ああ、びっくりした、奥さんやめてください、急に大声出すのは!」って言ったぐらいなの。それから、天草に行った時、松竹洸哉って言う、いま菊池で窯やってる人がいましてね。彼もまだ若かったけど、彼が運転してね、助手席に石牟礼さん、私は後ろに乗っていた。もう一人ぐらい乗ってたかな。そしたら石牟礼さんが、後ろ見て話すからね、運転してる松竹の目の前にどんどん指が来るから、「やめてください、石牟礼さん!」と言うわけなんでね。とにかくね、好奇心がものすごく活発な人なのね。つまり、生命活動が強い。生命活動のレベルが人の何倍もある人なのね。だから消耗するわけでもあるけどね。

好奇心が強いもんだからバカなこともやるのよ。ある時ね、彼女は水俣でサークルやってたでしょ。さっき言った秀島さんとか若い人や同年輩の人が集まってくるでしょ。そうした男たちがね、キセルをやった自慢話をするのよ。汽車でキセルっていう乗り方があるでしょう。それを聞いてね「私もやろう」と思ってね、熊本に来るときにそれやって捕まってね（笑）。駅長室に呼ばれたのよ。そんなことをやる人なんだ、あの人は。

水俣病の裁判が始まると、彼女がたびたび水俣から出てくるでしょ、安い旅館を探すのよね。NHKの寮が坪井にあって、そこには随分泊めていただいたな。だけどある晩ね、宿がないんで夜遅くなって、多分、私と喧嘩したんじゃないかな。私は喧嘩っていう感じじゃなかったんですけど、いつもの、やかましい家老みたいなもので、「殿、それはなりません」、「殿、それはいけません」（笑）という役目なんですよ。これはずっと後の話になるんですけど、島崎に看板屋をやっていて、民俗学をやっている江口司さんという人がいたんです。もう亡くなりましたけどね、事故死してね。惜しいことでした。その江口さんなんか、「渡辺さん、好かーん。どうしてあぎゃん石牟礼さんば叱んなはっとだろか」って言ってたぐらいなんです。

ところがね、晩年ですけど、米満さんというヘルパーさんがいてね。石牟礼さんがお気に入りもお気に入りのヘルパーさんで、私も大変助かった。最後まで面倒見て頂いた。その方がね、石牟礼さんのとこに来るようになって二〜三ヶ月ぐらいしてから、「分かりましたー」って言いなはるとですよ。「何がですか?」って聞くと、「京二先生が石牟礼先生をどうしてあんなに叱りなさるのかなぁって思っておりましたけれども、訳が分かりました」って言いなさったですね（笑）。最後はね、その後一〇年ぐらいしてからだけど、彼女が石牟礼さんに本当に腹を立てて、「石牟礼道子の『い』の字も聞きたくありませーん！」って辞めなはったんですよ（笑）。飛び出して辞めなはったことがあるんです。私は平身低頭してね、でも辞めちゃった。結局半年ぐらいしたら帰ってきてくれて良かったけど、でもその時は大変だったんですよ。石牟礼さんは「全面的に私が悪うございました」と言ったんですけどね。

なんでそうなるかと言うとね、つまりいろんなテレビとかね出版社とか取材をしたいって言ってくるでしょ。彼女は最初は「嫌だ」とか「会いたくない」とか言うわけですよ。「あなた、断ってください」とか言うわけですよ。だから断るでしょ。すると、直接石牟礼さんに電話が掛かってきてね、そしたらOKしちゃうんですよ。米満さんの立場としては、「バカにされたー」ってわけですよ。あなたが断ってくれって言うから、断っていたのにって。そういう事が重なったからキレた訳です。

私は、そんなことなんて、どれだけあったですか、そんな事で辞めとったら、今まで何十回辞めてなきゃならないか分からない訳でね。とにかく思ったことは絶対にやっちゃう人だったから。私が「そんな事はしないがいいですよ」とか「そんな物は要らないですよ、買わないほうがいいですよ」と言うとね、他の者に頼んでね、買っちゃうの（笑）。絶対に自分の意を通す人でね。そう言う風にとんでもないことをやる人なのよ。

ところがあの人はやっぱり石屋の孫娘でしょ。家には若い者がいっぱいいた訳でしょ。若い者が焼酎飲んで、石ノミを持って喧嘩するわけでしょ。修羅場を小さい時から知ってるのね。だから、チッソ本社を占拠した時も、びくともしない。さっき言いましたように僕らはチッソ本社を占拠して三日で追い出されて、その後、二回ぐらい討ち入りしたのよ、裏階段から。エレベータを閉鎖しやがったからね。裏階段から行って、もうエレベーターホール前でね、向こうはチッソの五井工場の労働者の部隊動員してくるのよ。そしてこっちの学生部隊とね、ホールいっぱい殴り合いになる訳よね。その時ね、石牟礼さんが色んな文化人を呼んでるわけよ。するとは文化人の女の人とか、きゃーとかわーとか言うわけよ。彼女はね、ビクともしない。平気。そう言う修羅場が。だから度胸が据わってるというかなんというかね。

だからね、チッソを占拠して、テントはって座り込みをやってるときにね、退社してくるチッソの社員が石牟礼さんに出会って、「お前が張本人だろー」って言うのよね。俺はおかしかった。「あんたが言う通り」って言いたかったけどね（笑）。とにかくね、彼女は「私はチッソ本社占拠したいわー」って言うわけですよ（笑）。「そんならやってあげましょう」とこっちがやってやらなきゃいかんわけだよな（笑）。そう言うことだからね、まあ水俣病の騒動ってのはね、色々問題があったんだけど、彼女は「あの頃は楽しかったー、面白かったー」と晩年まで言ってたねぇ。やっぱりあの人はね、若いもんが好きだったね、若い学生、男子学生、女子学生ね。大好きねぇ。またそういう学生たちに、人気があってねぇ。一番幸せだったんじゃないかと思うのね。

「もうひとつのこの世」という言葉があるでしょ、これは石牟礼さんの言葉。僕はそもそもが共産主義者だからね。「空想から科学へ」っていう有名な文をエンゲルスが書いててさ、昔の社会主義はユートピア社会主義、空想社会主義だと。マルクスと自分は違う。科学的社会主義なんだと言っとるんだよ。いま考えてみると何が科学かと言いたい訳ですけどね。結局社会主義というものの本質は、ユートピアなのよ。だからそのユートピアっていうのは、一つは、「貧しい」ということがあるとすると、こんなに貧しくて餓死するものが出てくるような貧乏を解決したい、そういうこともあるでしょうね。それからいわゆる「権力」の抑圧というものがない社会にしたい、これもあるでしょうね。でも根本的にはね、人間と人間が、まさに人間として出会える世の中を作ろう、作りたい、それが欲しい、と言っているんですよ、社会主義はみんな。根本動機は。

この世の中というのは、人間が人間に出会えない、って言うんだよ。その中にお金が挟まっていたり、支配、従属関係が挟まっていたりね。いろんなものが挟まっていて、人間と人間が出会えない。言葉も通じない。そうじゃなくて人間と人間が本当に出会える。そう言う世界は宗教が求めてきたの。これはイエスが、全ては兄弟である、隣人を我のごとく愛せよと言ったでしょ。これに、一六、一七世紀の日本の百姓はやられたわけよ。それで原城に立てこもって。隣人を我が同胞のごとくもてなせ、扱えと言うことだからね。宗教では人間と人間が本当に兄弟として出会えると。ところが実際は出会えない。

そうすると、そこで出会える世界は宗教が今まで求めてきたんだよ。イエス、それから仏教では僧伽《さんが》と言う訳だ。つまり仏弟子と言うのはみんな平等だ。相手が国王であろうが馬車ひきであろうがね。仏さんの前に出たら皆平等。これを僧伽、仏弟子、僧伽と言う訳だ。だから宗教が求めてきたものなんだ。それを宗教抜きにして現世にもたらそうとしているのがソーシャリズムなの。だから根本動機はマルクス主義だ科学だなんてね、いわゆるマルクス主義で国を立てた連中、北朝鮮観てごらん、何ですかあれは。あの滑稽な指導者の血統で、じいちゃん父ちゃん息子って。しかもそれをね、昔の天皇陛下のように尊敬する。そしてもう軍事パレード。ミサイル。マルクスが見たらね、腰抜かすと思いますよ。腰抜かすと思うけれど、マルクス主義で作った国がああなんだから、全部そうなの。中国しかりソ連しかり。全部そう。だから何が科学だって言いたいわけだ。

社会主義の本質は、要するに宗教が求めてきたような、そう言う人間と人間が、その間にお金であるとか何であるとかが挟まるのじゃなくて、本当に平等に、兄弟のようになれる社会がないかなぁ、ということ。そうすると、「もうひとつのこの世」を求めるのが社会主義だってことになるの。「もうひとつのこの世」って言うのは、いわゆる「この世、あの世」のあの世ではないのよ。あの世は死んだ先だから。もう一つのこの世があるんじゃないか。あるいは、もう一つのこの世に近づきたいなぁって訳だ。

「告発する会」もそれやった訳だ。要するに水俣病の患者って言うのは二九家族、兄弟のようになってさ。そして地元での差別偏見がすごかった訳だから、その中で二九家族が団結して、裁判提起した。そうすると、それに加勢したやつもおった。熊本の告発する会は、学生もいっぱい来たけど社会人も来た。例えばＮＨＫから三人来よった。新聞記者もおった。新聞記者ってのは、「不偏不党」、要するに党派に加勢しちゃいかん、その新聞記者のくせにしよって、告発のデモには来るわけ。チッソ本社占拠には付いて来たらクビだよ、下手したら。ＮＨＫもクビ、新聞社もクビ、下手したら。そういうクビを覚悟で突撃したわけだ。最初は厚生省占拠したわけだ。その次はチッソ本社占拠したわけだ。このチッソ本社占拠した時は、チッソは本当ガタガタになったの。全部逃げ出したの。会社から書類を持ち出して、別のビル借りて運んだ。そして入り口には鉄パイプで入れないようにしたの、僕らがなんどもなんども突入するもんだからね。鉄パイプで入れないようにしたの。チッソという会社を揺さぶってやったのよ。

だけどそういう闘争というのは、今言ったようにクビがかかるわけだよ。それでも来てくれるわけだ。学生だってね、階段で押し合いへし合いやっとったからね。一人の学生なんかね、最前線におったら、向こうのやつから髪を引っ張られてね、頭皮が浮き上がったって話があるぐらいでね。下手したら死ぬよ。だから僕は最前線なんか行かないよ。後ろから「いけー」とかって言ってた（笑）。だけど、そこで死人が出たらねぇ、こりゃ責任を取らないといかんなと思ってましたねぇ。幸い死人が出なかったから。ただ、死人が出てもおかしくなかったのよ。狭い階段でもう、押し合いへし合いやるわけだからね。それに来てくれたのよ。だからその当時は告発の仲間っていうのは兄弟みたいなものよ。つまり、なんて言うかな、この世の娑婆ではなかなかできないような付き合いができたわけなんだよ。彼らにしても、その支援者にしてもね。だけど結局やっていく中で「もうひとつのこの世」があるはずだと思ってもね、実際にはうまく行かないの。最後に裁判終わって東京交渉になってきてね、訴訟派と川本派が、最後のつめをやったの。チッソ本社でね。そしたらいろんな亀裂が出てきたのよ。それはつまり、訴訟派の中から、川本派が発言すると、「私たちが色々言う時間がなくなった」とか、そういうのが出てくるわけですよ。だからもう、それだけではないけれども、運動をやってるとね、やっぱりあの、なんだろうね、人間というものには狭い根性があってね、一番狭い根性は「自分」というものの範囲内にね、うずくまってるのが、一番根性が狭い自分なんでしょうけどね。それと仲間が違うと、そこにヒビが入ってくる。なんかやっぱりやってると、人間てのは了見狭いというかなんというかね。感情の動物というかね。そんな上手くいくわけないのよ。そうすると、「もうひとつのこの世」というのはさ、それに対してにじり寄っていく、努力目標実現目標というかね。そういうところに向かってね、少しでも工夫してみる、ちょっと努力してみるということかな。またそういうふうな思いを共にできる付き合いというものが、作れるかどうか、ということかなと思うんですけど。
青臭いことだからね、やっぱりあの、綺麗事だからね。綺麗事はよくないのよ。綺麗事で言おうと思ったらなんぼでも言えるのよ。だから綺麗事じゃなくてね、なるべく綺麗事じゃないものとして、自分たちが望んでる世界を作っていきたいということだろうと思うんだけどね。綺麗事になっちゃうとダメよ。だから「もうひとつのこの世」なんて言ったら綺麗事になっちゃうのよ。

石牟礼さんという人はねぇ、ものすごい才能があるのは間違いがないの。とにかく、さっきちょっと言いかかったけど、あの文章はね、どこから出てくるのか。今日の熊日に池澤夏樹さんが、『道子の草文』という、石牟礼道子資料保存会で編集して出した彼女の遺文集ですね、これまで本になってない活字になってない、その書評をお書きになったの。で一番最初にね、彼女が一九歳で書いたというね、「不知火」という小説が載っているのね。それを見てね「やはりすごい」って。一九歳でこういう、才能と言ってしまえば終わりだけどさ。「やっぱりすごい」ってことを池澤さんが書いてらっしゃる。

僕も読んでみてね、一九歳は一九歳らしい、感傷的なところ、センチメンタルなところ、それはあるのよ。あるけどね、文章がストレートじゃなくてね、どう言ったらいいんでしょうか、非常に複雑なトーンを持っている。単調ではないのね。単調ではなくて複雑なトーン、そういうのがいくつも入ってきてね、しかもそれが非常に澄んだ音色になってきている。ああいうふうな文章をねぇ、どこで覚えたんだろうかと思うの。

彼女は文語文がいいんですよ。それで私がこないだ三回忌で朗読した詩も文語の詩なんですよ。それで今日は違った詩を読んでくれと言われてるんだけど、そうなると文語の詩はあまりないんでね。やっぱりこないだ読んだのと同じ詩を読もうと思っているんですが、彼女の文語文ってのはいいんですよ。そしてこういう文語の語法をどこで習ったのかなぁと思うんだけど。若い頃、学校の教科書とかなんとかで、もちろん古典をね、万葉なんかも読んでると思うし、古典を読んでるんだとは思うんだけどね。

「いま一度人間に生まるるべしや」。この「生まるるべしや」ってのははちょっとおかしいんで、「生まるべきや」が正しい語法なんじゃないかなーとは思うけどね。それでも「生まるるべしや」と言われたらね、なんか納得しちゃうの（笑）。

昭和四四年五月に、患者が提訴したのよ、地裁にね。そして石牟礼さんに頼まれて、私が告発する会を作ったわけだけどね。その後ね、半年もしないうちかな、半年ぐらい経ってからかな、水俣にね、開拓民の部落が入ってる山があるんですよ。その山に小屋があって、そこの小屋に突然こもるって言い出したんですよ。それはいっときこもって仕事する、原稿を書くというような言い方じゃなかったのよ。私に「長々お世話になりました」って言ったのよ（笑）。まだ長々もお世話しとらんけどね、その頃はまだ。「長々お世話になりましたけど、私は山の中に入ります」って。もうこの世と縁を切ってしまうようなね。水俣病の裁判始めといてさ、人に、おまけに支援団体作れって言っといてさ、自分は山の中に入りまーす、ってわけよ（笑）。なんちゅう人だろかと思ったよね。でも、一週間で山降りてきた（笑）。そして言うことが、「夜中に電気つけてたら、全山の虫が集まってくる」って（笑）、そりゃそうだよな（爆笑）。虫がたまらんから降りてきた、ってわけよ。一週間しか持たんだった。その時書いた文章があるのよ。文語文になってんの。いかにも美しい話みたいで書いてるんだけどね。ちょっと頭のとこだけ読んでみるね。

〈今は昔、たたなわる山ひだのあいの古り傾きし小屋に、女ひとりきて棲みにけり。

雲間の月いとおかしく凍みわたる夜々、ひとすじの煙うちなびくすすきが原のうえに立ちてあやしければ、五色の朝日さしのぼりて山和ぐ頃里のうばら人心地つきて、のぼりきていう。こはいかなるやかたならん、いまはみやこへみやこへと山もひともうちすててくだりたまう世に、なにとてかくはさびしき石積みのいただきにきてかくれすみたまう。夜な夜なガゴはあらわれいでざるや。

女こたえて、笑みていう。われはただうちなる心のこひしくて、雪ふらす女とならんとこの山にきしが、世にあらわれて暮ししことなければ、かくれ住むというほどのこともなく、ガゴあらわるるときはうつしみの影のごとくなればいとやすく、おのづから喰われてぞやらむに〉

この調子なのよね、名文なのよ。こんな文語文が書けるのは、なかなかいないのよ。だからやっぱりこういう天才というかねぇ、こういうのは参ったなぁーと思うわけ。だからね、さっき言いましたように一九歳の時に書いた「不知火」っていう作品ね。文章が美しくて深みがあってね、しかも上手なのね。だからこれはどうしてかなぁと。すごいと思いますね。そしてね、彼女の作品はいろんな面を持っているわけでして、滑稽な、コミカルな調子もありますしね、色んな面を持ってるわけなんですけどね、皆さんに広く読んでいただきたい。

ただね、彼女は有名で名前は売れてるんですよ。それは最初出現した時から、単なる文学者じゃなくて、やっぱりスターみたいな感じよね。水俣病闘争のジャンヌ・ダルクみたいな、スターみたいにして出てきたからね。いきなりやっぱり有名人になっちゃったの。だから亡くなった時の騒ぎ方もすごいでしょ。一文学者が死んで、一面トップ、それは熊日だけじゃないのよ。熊日はまあ熊本の人だから一面トップはあるだろうけど、朝日、毎日、全部そうよ。だからねぇ、あれは雑誌の「新潮」だったかなぁ。最後にコラムがあって辛口批評がずっと載るのね。そこに「新聞が大騒ぎして、気持ちが悪い」って書いた人がいるのよ。「文学者は作品が勝負だ」って。要するに、神格化、「神様みたいに扱わないでくれ」というふうに書いた人もいるの。まあ、そういう声が出るのももっともなぐらい大騒ぎだったね。つまり彼女はある意味で、スターだったわけ。だけどそういうのは過ぎてしまえば終わりでね、残るのは作品なんですよ。

ところがね、そんな風に超有名人のくせに本は売れないの（笑）。なぜ売れないか。それはね、文章があまりに密度がありすぎてさ、しんどいんですよ。読むのにエネルギーがいるんですよ。さーって読めないんですよ、気楽に。最近の文章は井戸端会議みたいな文章だからね（笑）。最近の人が書く本はへーへーって寝転がって読めるわけですよ。石牟礼さんのはそうじゃないの、読むのにエネルギーがいるの。美しくて、すごい文だけどね。しんどいから、なかなか読めないと思うんだけどね。だけどね、読んでごらんなさい。ずっと引き込んでね、読んでしまいます。もちろん、彼女はエッセイもいいんです。エッセイも沢山書いておりまして、とてもいいんです。なんて言ったって、九つ作品がありますからね。

『苦海浄土』『西南役伝説』『椿の海の記』『十六夜橋』『天湖』『春の城』『水はみどろの宮』『おえん遊行』『あやとりの記』。それを読んでいただきたいんです。読んでくだされば、どう言ったらいいんでしょうか、やっぱりあの、まあ作品の良さ。というのは色々あると思うんですよ。彼女の場合ね、どう言ったらいいかなぁ、もちろん良い作品なんですが、世の中には良い作品がたくさんあるでしょう。でも、彼女の場合ね、何かね、突きつけられた感じね。ガーって突きつけられた感じ。これなのよ、ガーってくるの。だからものすごくね、深い体験というかね、エネルギーのいることでもあるけどね。でも読むとね、非常に深ーいところからね、自分の命を養ってくれるようなものがありますね。皆さんどうぞお読みになってください。

できたら感想でもお書きになってみたらどうでしょうか。本に関してはえらい批評家さんたちが立派な文章をお書きになるんでしょうけど、読者というのは一人一人、自分がこの本をこう読みました、ここが良かったですと書く権利があります。だから皆さんもお読みになって、何かお感じになったことがあれば、お書きになったらいいんじゃないでしょうかね。僕の仲間が「道標」とか「アルテリ」とか雑誌を出しております。あるいは俳句や短歌も雑誌がありますし、そういうところに皆さん方が所属されていたら、そこにお書きになってもいいでしょう。とにかく、ご自分で石牟礼道子との縁をね、繋いで頂きたいのです。じゃあ、「幻のえにし」を朗読します。

幻のえにし

生死《しょうじ》のあわいにあればなつかしく候《そうろう》
みなみなまぼろしのえにしなり

おん身の勤行《ごんぎょう》に殉ずるにあらず
ひとえにわたくしのかなしみに殉ずるにあれば
道行《みちゆき》のえにしはまぼろし深くして一期の闇のなかなりし

ひともわれもいのちの臨終《いまわ》　かくばかりかなしきゆえに　けむり立つ雪炎《せつえん》の海をゆくごとくなれど
われより深く死なんとする鳥の眸《め》に遭えり
はたまたその海の割るるときあらわれて
地《つち》の低きところを這う虫に逢えるなり
この虫の死にざまに添わんとするときようやくにして　われもまたにんげんのいちいんなりしや
かかるいのちのごとくなればこの世とはわが世のみにて
われもおん身も　ひとりのきわみの世をあいはてるべく　なつかしきかな
いまひとたびにんげんに生まるるべしや
生　類《しょうるい》のみやこはいずくなりや
わが祖《おや》は草の親　四季の風を司り　魚《うお》の祭を祀《まつ》りたまえども　生類の邑《むら》はすでになし
かりそめならず今生《こんじょう》の刻をゆくにわが眸《まみ》ふかき雪なりしかな

あのね、『道子の草文』という遺文集は、今言いましたように石牟礼さんが残したノートの中からね、ごく若い時から晩年までの、未発表のものを集めたものです。それからね、『石牟礼道子全歌集』もあります。歌集は前に出てるんですけど、今度ノートからいっぱい出てきましてね。ノートから出てきたやつも全部これに収まっております。

それから、詩集もね一度出てるんですけど、先ほども言いましたように、ノートから出てきたものが沢山ありますので、それを全部収めてあります。ほぼ全部入ったんじゃないかな、石風社から出た『石牟礼道子全詩集』ですね。

これ(『石牟礼道子〈句・画〉集』)は石牟礼さんが一番最後に読売新聞に月に一度俳句をお載せになっていてね。全二〇回。二〇ヶ月やって亡くなったんです。で、二〇句だけではね、ちょっと一冊の本にならない。ところがノートから三〇〜四〇句ぐらい出てきましたんでね。それで一冊の本になったわけです。この句集は最新作と、ノートから出てきた未発表の俳句を集めてあります。それからこれは『残夢童女』という名前を付けてあるんですけど、追悼文集です。沢山の方が書いてらっしゃるんですけど。まあ一番最初に私のインタビューが載ってまして、本当は私のやつは後の方に載せることにしてたんです。ところが出版社がどうしてもね、渡辺のを最初に持ってきてくれと言うそうだから、仕方がないからそうしたんだけど。阿南満昭というのが書いているものも載っていますが、阿南君と言うのは、「告発」を一緒にやった仲間で、石牟礼さんも若い頃から知っている人です。最後にね、石牟礼さんが施設に入って亡くなる前ね、さっき申し上げました米満さんというヘルパーさんと、この阿南君の二人がお世話をしてくれたんですよ、週に一日ずつ。だから私は週に五回行けばよかったんですよ。ずいぶん楽になったんです(笑)。阿南君というのは週に一回ずっと面倒をみてくれた人なんですね。

この人が熊日に書いた「わがまま気まぐれ大明神」と言うのが載っております。そのほかずっと沢山の方が書いておられます。

この『残夢童女』っていうのは、タイトルなかなか苦労してね。「残夢童女」っていうのはね、市房山の下に市房ダムがありましてね、そこに前山光則っていう友達の夫婦が暮らしていて。石牟礼さんはその夫婦の所によく遊びに行ってたんですよ。市房ダムの取材も兼ねながらね。そのダムが、ある夏に雨が降らずに干上がってしまって、ダムに沈んだ村が出てきたんですよ。そしたら小さなお墓があってさ、それに「残夢童女」と彫ってあったのね。つまりそれは、生まれてすぐ亡くなった子供の墓なんでしょ。その「残夢童女」というのに彼女は非常に印象を受けて、エッセイにそのことを書いてるんですよ。それでね、江戸時代だけじゃなくて、明治になってもだけど、戦前は幼児死亡率が非常に高かったのね。だから江戸時代以降、生まれてすぐ死んだ、あるいは一歳、二、三歳で死んだとしても、法名をつけるときに、必ず夢という字を使ってたのよ、子供の場合は。「残夢」じゃなくても「ナントカ夢」ってね。そういうふうなしきたりがあって、「残夢童女」ってつけてあったんでしょうけどね。

「残夢童女」ってどういう意味かっていうと、この世に夢をたくさん残して死んだ童女ってことでしょ。つまり、成長して大人になってれば、こういうことも経験できた、こういう夢も叶えることができた、たくさん叶えることができた夢があったわけでしょ。そういった夢を全部残して死んじゃった、可哀想な子供って事でしょ。そうすると、石牟礼道子は残夢どころじゃないわけだけど（爆笑）、夢を叶えたわけだ！　しかしそのように僕らは見るけれど、やっぱり叶えられなかった夢を抱いて亡くなったと僕は思うんだね。人間誰しもそうかもしれないけど、あの人は若い時からね、人と人が繋がらない、言葉が繋がらないって嘆いてきたわけですよね。小さい時からずっと文章に書いてきたけど、音楽で言うなら通奏低音のように、「言葉が繋がらない」わけ。あなたがたと道行きをしてるつもりなんだけど、その道行きは闇の中、雪の中。あなたがたと本当に夢を見たい、一緒に夢を見たいという気持ちをずーっと抱いていた人だから、こういうタイトルでもいいんじゃないかなと思ったわけね。

ま、とにかく三回忌に合わせて五冊が出ておりますので、どうぞどれかをお手にお取りになってください。

石牟礼さんの作品を若い人に勧めるとしたら、全部勧めるね（爆笑）。でもね、「あやとりの記」を読んでもらいたい。「あやとりの記」はいいですよ。これはね、どこかの雑誌に最初から児童文学として書いたんだけど、もちろん単なる児童文学じゃない作品に仕上げてるんだけどね。一応子供向きになってるから入りやすいでしょうね。「あやとりの記」がいいんじゃないでしょうか。

石牟礼さんは言葉への関心を非常に持っていた人だよね。根本的というか。あの人はね、清書が大変なのよ。いっぺん清書したって真っ赤にしちゃうのよ。また清書すると、また真っ赤にする。三度目は「もうやめてよ」と言うんだけどねぇ。そんな風にバーっと言葉が湧いてくるのよ。普通ね、森羅万象というのは本当は混沌としてるの。今ここに何人いらっしゃいますか？　一人一人全員違うし、それぞれの人生を持って来た人たちでしょ。それを全部言おうとしたら大変よ。この空気の中には何かいて、この目で見えるだけの世界じゃないのよ。だからそう言う混沌としたものを言葉でまとめるなんてできないのよ、本当は。ここにあるものを全部描写しろなんて、出来ない。だからピックアップするわけよ、あるストーリーにしたがってピックアップして述べているだけに過ぎないのよ。

　ところが石牟礼さんの場合、わーって湧いてくるからね。湧いてきたやつをいっぺんに言えたらいいのよ。ところが言葉っていうのはね、時間性を持っているわけ。絵はいっぺんに見れる、全部提示できるでしょう。画面はいっぺんに提示できる。でも、言葉の世界っていうのは、短歌にしても、俳句にしても、短い俳句でも時間がかかるでしょ。最後まで聞いてしまわないとね、分からないでしょう。

「祈るべき天と思えど天の病む」という石牟礼さんの有名な句がありますが、時間かかるでしょ。いっぺんにバッと出てこないでしょ、絵みたいにね。ところが石牟礼さんの場合は、わーっと湧いてくるからさ、順番に追わねばならんでしょ。大変なんですよ、どこから手をつけていいか。どういう風に述べていくか。

　これはね、彼女の講演を聞いてるとわかるんですよ。「今日は皆さんよくいらっしゃいましたが、あいにく雨で…」で、その「雨で」の後は、水俣病の事かなんか話しゃいいでしょ。ところが「雨」と言っちゃったもんだから、雨に話がなっちゃうのよ、しばらく（笑）。脇道入るのよ。一つの文章を最後まで言い切らないで途中で止めて、その言葉に引っ張られて違う事言い出すの。だからもう大変なの。あとで戻ってくるんだけどね。文章もそんな風なところがあるの。わーってくるからね。普通の作家はね、わーってそんなに湧いてこないの。湧き上がり方が少ないの。だからそれを整理して書いていくのが楽なの。石牟礼さんみたいにいっぺんにわーって湧いてきたら、それを押さえ込んで、「なんだこれ」ってなって大変なの。

これはどこかに書いたんだけど、だから上野英信さんが「石牟礼道子は灰神楽文体だ」って言ってた。これはもう英信さんの名言だと思うね。灰神楽って若い人は分からんだろうけど、火鉢に灰が入っててさ、お湯をこぼしたらね、うわーって灰が舞い上がるのよ。だから要するに灰神楽文体っていうのは、いっぺんにいろんな事を言おうとしてる文体だと。そういうことを英信さんは言っているわけね。だから言葉についてもバーっと言ってくるからさ。

もう一つは、とにかくこだわる。例えばインタビューやるでしょ。インタビューって言うのは普通、校正ゲラを送ってきて手入れするんだけどね、僕は大体校正ゲラも見ない方。インタビューなんて後に残るもんじゃないからね、いちいち見るの面倒くさいからね、私はあまりこだわらない。ところが石牟礼さんはね、インタビューまで手入れするのね。しかもインタビューに手入れするのはまだしも、新聞にはある事件があると、有識者のコメントてのが三行か四行ぐらいつくでしょう。それにまで手を入れようとするから。だから「止めなさい、あなたは、こんなもの残らないんだから。エネルギー使うのやめなさい、他にエネルギー使わなきゃいかんことあるでしょうが」って言ってたのよ（笑）。

要するに自分の発言として載った言葉が、違和感のある言葉を使われたくないって言うわけ。「違和感」「違和感」が得意でね。こだわりやさんなのよ、そう言うところ。だから言葉に対するこだわりってのはものすごくあった人ですよね。あの人は。

石牟礼さんは「春の城」（『アニマの鳥』）という作品を書いているけど、天草四郎、大好きよ。恋人よ恋人、理想の恋人。それはね、四郎の、なんていうかね。四郎はシャーマンなのよ、霊的な霊視者なのよ。ものを透視してしまうのね。そういうのが良かったんでしょ。霊的な透視能力があるということね。それと、人の悲しみを悲しむことができる。この二つだろうね。

そもそも彼女が生まれた天草っていうところはさ、彼女は記憶がないわけだけど、要するに宮野河内というところ、下島中よりのところですけどね、そこにおじいちゃんが道路を作りか何かに行ったのよ。おじいちゃんはいわゆる土建屋さんですからね。港とか道路とか作った人ですから。宮野川内に、まあ二、三カ月ぐらい行ってた時に、石牟礼さんは生まれたのね。生まれてすぐ水俣に帰ってきたんだけどね。

だけど彼女はね、「不知火」という一九歳の時に書いた作品がありますが、今度の『道子の草文』の巻頭にも載っておりますけど、その小説の中で主人公の少女が天草の島をこっちから眺めて、「あそこは私の生まれたところ」「私はあそこから生まれたんだ」と、ずっと思っていることを書いてあるのよ。だから天草に対する思いはね、深かったわけでしょう、非常にね。

まあ一つは、天草は天領だからねぇ。彼女はやっぱり侍の世界が嫌いだったのよ。というか細川藩が嫌いだったのよ。水俣の人間ってのはね、熊本市に対して非常に対抗意識っていうか、反感持ってる人が、今は知らないけど、僕の知った範囲では多かったね。水俣はやっぱり藩の支配がない土地柄で、しかも流民の島だというのが、一つはあったんでしょうね。

しかしまあご主人も息子さんも、大変ではありましたでしょうね。ご主人は中学校の先生してらっしゃったんだけど、晩年になってもね、本屋に行って石牟礼さんの本が並んでると嬉しくてね。しょっちゅう本屋にね、「道子の本はなかや」、「道子の本はなかや」ってね。本が並んでると喜ぶという、そういう方でしたね。

息子さんも、ああいうお母さんを持つと大変だったでしょうけど。道子さんはね、もう道生、道生、道生だったんだよ。一人息子だからね。「道生はどうしてるんだろう?」っていつも言っていた。だけど道生君としては、ある時期まではね、まあ中学生なら中学生ぐらいかなぁ、小学校の上級ぐらいかなぁ。あれほど可愛がってくれた母親がある時から机に向かってね、もの書き出してね、そしてもう自分のことは忘れたように熱中して、机の前に座って書いてる。そういう母親像に変わってきたわけね。それはやっぱり彼にとってね、大変だったでしょう。だからお母さんの書いたものなんかに対しては、拒否反応みたいなね。自分はもうそういう世界には関わりたくないみたいな。まあ要するに道生君と同世代の学生がいっぱい水俣の運動にやってきて、「石牟礼さん石牟礼さん」って尊敬して慕ってね。そういう世界に自分は入りたくない、というのはあったんでしょうね。

やっぱり作家っていうのは……作家とは限らんね、絵描きだってそうだよね、音楽家だってそうだよね。芸術家ってのはね、周りの人間に迷惑かけるんだよ。だから石牟礼さんを見てると完全に分かる。ただあの人はねぇ、一種のなんていうんでしょうか、童女風っていうか。「まぁ！」「まぁ！」とか言ってね、びっくりしてみせたりね。そういうなんていうのか「童女ぶり」が上手だったからね（笑）。上手って言ったら語弊があるかもしれないけど、いっぺん谷川健一さんがね、あれは彼女が、『苦海浄土』が講談社から出てから二、三年後かな。谷川健一さんって人はさ、水俣では名家だった谷川家の人。石牟礼さんは、谷川健一さんが平凡社で編集して出していた『日本残酷物語』なんかに、『西南役伝説』の一部分をを載せてもらってたりしたわけでしょ。つまり谷川健一さんは編集者として、石牟礼さんを売り出したわけでしょ。自分としては、かなり年上でもあるしね。要するに自分の弟子みたいな感覚でおんなはったんでしょ。それでね、あの人の家が川崎にありましたけども、訪ねて行ったら、「渡辺君ね、近頃ね、石牟礼道子が大変なんだよ。東京の大学教授はね、石牟礼道子の童女ぶりに総いかれだよ」って言いなはったのがおかしかった。「全部いかれてるよ」って。そんな風なことがあったしね。

さっきも、民俗学やってた江口司さんが「渡辺さんはどうしてあぎゃん石牟礼さんにキツく言いなはっとだろか、わしゃ好かーん」っていいよんなはったようにね、とにかく石牟礼さんが階段でも登ってくると、手伝いに行きたいようなね。そういうのがいっぱいいたのよ（笑）。だけどそうした人たちがね、実際に面倒見れるかというと面倒見れない。ある編集者がいて、この人は私も親しいし、私の本を出したこともある人だけど、まあ石牟礼さんの本を何冊か出した編集者なんだけど、ちょうどチッソ本社を占拠した後で、石牟礼さん東京に行ってて、私も行っててね。何かのことで、私が石牟礼さんをやっつけたのよね。叱るっていうか、やっつけた。そしたらそいつが義憤を発してね、石牟礼さんの味方になってさ。僕に腹かいてね、「表に出ろ！」って俺に言ったことあるんだよ（笑）。「表に出ろ」ったってね、そいつはカマキリみたいに痩せたとったたから（笑）。まあ僕は相手にしなかったけど。

そいつが一〇年以上してさ、熊本に来てさ、石牟礼さんと取材旅行したの。さっき言った市房ダムとかね、あの辺を三日ぐらい回ったわけね。それで帰ってきてね、「カリガリ」って皆が集まる店で会ったらさ、「疲れましたー」って言うんだよ（笑）。「どうした？」と聞くと、「いやー、もう予定していたのが全部変更になるんです」って言うんだよ（笑）。本当は今夜も泊まることになってて旅館も予約してたのに、ところが駅の前まで行ったら、「帰る」って言って帰っちゃったからね、今夜の宿もキャンセルですって。「疲れましたー」って。

僕は内心ね、「お前は三日だろうが」って思ってた（笑）。俺は何十年よ、お前は腹かいて「表に出ろ」って言ったろがって（笑）。そんな風なのよ（笑）。石牟礼さんを「ははー」ってするやつは、実際勤めてみたら三日も持たんのよ。そういうワガママな人でもあったの。

でもねぇ、なんというか最後まで可愛い人でね。とにかくね、託麻台病院に月一回診察に行くでしょ。もちろん施設の人が車出して、ヘルパーさんが付いてくるけど、私も必ずね、ついて行きよった。で、帰りにね、「百円ショップ行くー」とか言い出すのよ（笑）。「アイスクリームが欲しい」とか言い出すのよ（笑）。そしたら運転しているヘルパーさんが、「私はもう帰ったら、時間がもう次の予定があります、そんな余裕はありません」とかなんとか言って断るんだけどね。毎回必ず。大好きだったの、百円ショップが（笑）。そしていつもくだらんガラクタを買い込むのよ（笑）。それでもう部屋に行ったら、毎日机の上の整理から始めんといかんからね。もう散らかしがね、大変だったの（笑）。

でも可愛らしかったからね。これは前にも話したけどね、私が叱るとね、「叱られて、叱られて（爆笑）、あの子は街にお使いに…」って歌うのよ。まあ、魅力がある人だったんでしょうね、やっぱり。東京の大学教授が全部やられたっていうぐらいだから。童女ぶりに全部やられたって。

僕の『逝きし世の面影』という本のタイトルの「逝きし世」は石牟礼さんが付けたんだよね。僕は石牟礼さんと付き合う中で、勉強しましたよ。僕は「コメの成る木はどれかいな？」ちゅうもんで、全く都会っ子、町っ子だったからね。とにかく最初水俣に行きよった頃、「ああ、梅が咲いてますね」って言ったら、「あれは桃ですよ、梅と桃の区別もつかないの？」ってバカにされたもんね。そんなんだからさあ、僕は彼女が書いている農村共同体のああいう生活っていうか、それはもう教えてもらったわけだからね。特にそれも、本質的なものを教えてもらったわけだから。たいぎゃ勉強したたい、彼女の書いたものからね。

でも、あの人はなーんも僕から習ってないの（笑）。要するに、彼女は僕を百科事典扱い。「なになにはなんでしょうか?」って。しまいには自分の事まで聞きよったんだから。「私が結婚したのは何年だったでしょうか?」って（笑）。「はい、それは昭和二一年でございます」って（笑）。でも、得な人だったね。米満さんとか「石牟礼道子のいの字も聞きたくありません」って大変だったんだけど、それが半年経ったら、また来てくれるようになったもんね。まあ人間的な魅力、女性としてもそうだけど、魅力のあった人でしょうねぇ。とにかくあの人の「力になりたい」「力になりたい」っていうのがいっぱいいたのよ。真宗寺っていうお寺のね、先代の住職さんもそうで、もう石牟礼さんにゾッコンだったの。「石牟礼さんを世の中に出さにゃん、売り出さにゃん」っていうわけよ。私が「もう出とんなはります」って（笑）。周りの支援者たちがワッと笑いよったけどね。とにかくあの、「この人は庇ってやらなん」とか「庇護せなん」とか言う人が多かったね。やっぱり才能に惚れ込んでね。だから彼女は、彼女に惚れ込んだ人、何か彼女の役に立ちたいという人にいっぱい恵まれてきた人なのね。そういう人はなかなかちょっといないですよ。

まあ私は石牟礼道子さんに付いては作品論はほぼ書いたんですよ。この後ね、いろんな方がもっともっと論じてくださるだろうから、もうお任せしておけばいいわけでね。闘病記も書いたしね。だから、今日はちょっと幾つかお話ししましたけど、彼女の奇行というかね、とんでもない行いね、それを別に書いとかなくちゃいけないかなと思っとるわけですよ（笑）。

（二〇一〇年二月二二日、熊本市・長崎書店にて）

Ⅱ

著者近影　2019年8月、植山茂撮影

熊本の文芸を辿る

地方から生まれる文芸の中でも、突出してユニークなのは熊本だ。県在住の作家には、坂口恭平や伊藤比呂美、思想史家の渡辺京二がいる。彼らの活動を〈橙書店〉の店主による文芸誌『アルテリ』が後押し。社会に斬り込む作品が生まれる熊本文芸の過去から現在を、坂口恭平を中心に探った。

＊

坂口恭平（以下坂口）　熊本ではなぜ文芸活動が盛んなのかと聞かれて、僕が一人で答えるより（渡辺）京二さんに聞いた方が早いかなと思って。だって僕が3・11後に熊本に帰ってきたときは、京二さんも石牟礼道子さんも知らなかった。両親は熊本出身で僕も熊本生まれ。その後すぐ福岡の新宮ってところに引っ越して、九歳からまた熊本に戻って高校卒業までいたけど、その間ほとんど本を読んでいなかったんです。ときどき図書館に建築家の石山修武《おさむ》の本や、ネオダダ時代の赤瀬川原平の本を読みに行くくらい。でもこっちに帰ってくるときに、僕の担当編集者から『熊本県人（日本人国記）』をもらった。それが京二さんの書いた本でした。それを読んで熊本にも文人や思想家がいるとわかって、当時八〇代で老人養護施設に入りながらも文章を書いていた石牟礼道子さんを知ったんです。

渡辺京二（以下渡辺）　恭平さんと初めて会ったのは二〇一一年かな？

坂口　二〇一三年だと思います。不思議なことに、僕は二〇一二年に熊本で新政府という活動を始めるんですが、その場所がちょうど夏目漱石の旧居の隣で。宮部鼎蔵《ていぞう》の旧居も近い。

渡辺　宮部鼎蔵は池田屋で殺された、熊本藩の勤皇の志士ね。

坂口　それで熊本のことを調べ始めたんです。荒尾の宮崎兄弟（八郎、民蔵、彌蔵、寅蔵（滔天））のこととか。その中の宮崎滔天《とうてん》（孫文の盟友として知られる）の本を書いたのが京二さんで。ほかには、うちの母の地元の河内が漱石の『草枕』ゆかりの場所だったり彼が熊本に初めて降り立った日が僕の誕生日と同じだったりと、偶然の符合に妄想を膨らませて、文人の街なんだとぼんやり認識し始めていきました。

渡辺　それは古い話でね。明治維新前後のことで、熊本だけじゃなくて日本各地に固有の文化が育まれ人物が存在した。それは藩があったから。『熊本県人』は僕の最初の著書なんだ。

坂口　あれが第一作なんですか。

渡辺　僕のアルバイト仕事。本当はもっと違った、自分なりのテーマのものを書いていたんだけど、熊本の文芸を語るうえで大変重要な谷川兄弟の健一さん（熊本生まれの民俗学者）に、何か仕事をくださいよって言ったんだよ。そしたら『熊本県人』の仕事を回してくれた。たしか四〇代の初めかな。この本を書くうえで歴史的な動きを調べたら、大体明治一〇年（一八七七）ほどまでが一番活発で、徳富兄弟（蘇峰《そほう》、蘆花《ろか》）、神風連《しんぷうれん》（士族の派閥）、林桜園《はやしおうえん》（思想家）あたりの話だね。

＊

坂口　京二さんはどうやって熊本で文芸の活動をしていたんですか。
渡辺　僕は一九四七年に中国の大連から熊本に引き揚げてきた。左翼系の文学運動を一〇代からずっとやっていて、文芸の雑誌をいくつも出しては潰していた。でもいわゆる熊本の文壇とは全く関係がない。というのも、地方の文壇の文学者は東京でものにならなくて帰ってくると、地元の政界や財界に顔が利くような郷土文化人になるんだ。漱石やラフカディオ・ハーンの話ばかりしているような世界。僕らはそういう地方文壇とは全く関係のないサークル運動をやっていたわけ。その中から石牟礼さんも僕も出てきたわけよ。これは谷川雁の存在が大きい。雁は水俣で療養していて石牟礼さんと知り合った。石牟礼道子は天才だから、雁と接触しなくても作家になっていたと思うけれど、ああいう日本の近代に対して独自のアプローチを持った作家にはならなかったと思う。だから熊本が今、全国的に見て文芸活動が盛んに見えるのであれば、谷川雁がいたことは非常に大きいんだよ。僕も影響を受けたしね。

坂口　石牟礼さんの存在は僕にとっても大きいんですよ。

渡辺　一九七〇年前後になると中央ジャーナリズムが才能のある人を地方に探しに来るように変化してきた。だから僕も熊本にいても原稿が売れるようになったんだけどね。中央が地方を把握するように状況が変わってきて、地方がだんだんと東京化した。それで熊本にいても全日本、全世界レベルのことを発言する流れになってきたんだ。

坂口　なるほど。熊本の文芸は今もかなりユニークですよね。

渡辺　大きいのはやっぱり文芸誌『アルテリ』が出ていること。それと、恭平さんと伊藤比呂美ちゃんがいることだと思う。これが活性化の理由。でもなぜ二人が熊本に居着いたのか。個人的な事情はあると思うけれど、やっぱり石牟礼道子がいたからじゃないかな。

坂口　京二さんもですよ。

渡辺　もちろん、この〈橙書店〉があるのも影響している。最初〈橙書店〉は比呂美ちゃんが熊本文学隊という活動を始めてその本拠になったのがこうなる発端だけど、それだけではこんなふうにならなかったと思う。もっと言うと、道子さんが亡くなった後、比呂美ちゃんと恭平と俺の、この三者同盟があるからなんだよ。

坂口　たしかにそれは大きい。

渡辺　でもね、熊本にいて全国規模で作家の仕事ができるようになるのは大変。君は東京にいるときから売り出して、名前を持って帰ってきた。比呂美も熊本で売り出したわけじゃない。ここにずっと住んでいて全国規模にまで到達しようとするのは大変なんだよ。出る道としては文学賞に応募していくしかないからね。そうじゃなくて、君や比呂美ちゃんはたまたま熊本に住んでいて、日本文学の第一線にいるからね。そういう二人がただ住んでいるだけじゃなくて、周りに人を集めて活動している。それは珍しいことなんだよ。あと、熊本は規模がちょうどいいの。人が集まりやすい。そういう好条件が揃ったんでしょう。福岡や、ましてや東京は大きすぎるからね。

坂口　昔から革命は地方から起きるわけでしょう。皆が集まりやすいから。

渡辺　文学者にはいろんなタイプがいて、孤高の人もいるけれど、恭平さんと比呂美ちゃんにはグループを作ろうという気持ちがあったから、このようになったんだと思うよ。

坂口　僕はグループは作れないんだけど（笑）。そうすると谷川さんと石牟礼さんがキーパーソンなんですかね。二人は東京に行かれていたんですか？

渡辺　雁は最後は東京に行ったたい。『大地の商人』という第一詩集に有名な「東京へゆくな」っていう詩が入っていたんだけど、自分で行っちゃったわけだ。大正鉱業の運動（筑豊の炭鉱での労働運動）が終わった後、俺は詩作も運動もやめたと言って東京へ行ったからね。石牟礼道子は水俣病の裁判の途中、チッソの東京本社の前で僕らがテントを張って寝泊まりしていたとき、さすがに彼女は泊められないから豪邸を借りたんだよ。当時はカンパや何やらで金に不自由しなかったから。そうすると患者も泊められるでしょう。そこに彼女は一年ほど暮らしていたよ。一九七二年だったな。

坂口　僕、石牟礼さんが熊本の詩人の高群逸枝《たかむれいつえ》のことを書いた『最後の人』を今読んでいますが、高群さんともそのときに会っていたんですか？

渡辺　それは水俣病の裁判が始まる前だね。僕が『熊本風土記』という雑誌を出して、石牟礼さんはそれに『苦海浄土』の初稿を連載していた。そのときだと思う。一九六六年ね。僕も『熊本風土記』とかいろんな雑誌を始めては潰した、という話をさっきしたけど、一九七三年に石牟礼さんたちと『暗河《くらごう》』という季刊の文芸思想誌を出したのも大きかった。僕が長くやってきたのは、いろんな雑誌を作って自分の仲間というか、一緒にやる人を集めて広げたいと思っていたのが『アルテリ』につながっている。恭平さんや比呂美ちゃんにしても僕らがやっていた文学とは全く違うところから出てきたけど、二人とも仲良くなれた。

坂口　京二さんと最初の関わりの話をすると、喫茶店で偶然に会った後、熊本日日新聞（熊日）の記者の浪床《なみとこ》敬子さんの企画で京二さんと対談したんです。二〇一三年のことでした。浪床さんは東京にいた僕に熊日新聞で連載をしないかと依頼してくれた人。それは結局3・11を挟んでの連載になりました。震災当時は報道規制もあったはずで、東京にいるのが恐くなった僕が熊本に戻るまでの過程とかいろいろ書いたのに、全部載せてくれたんですよ。

*

渡辺　そうすると、熊本のユニークな文芸活動は熊日新聞文化部の功績もある気がしてくるね。県紙の中だと熊日の文化部はレベルが高い。熊日には光岡明という記者がいて、彼は『機雷』という作品で直木賞を受賞した。熊本で直木賞を受賞した初めての作家。

坂口　それは新聞記者をしながら？

渡辺　そうそう。光岡明は熊日の文化部にいたとき、地方の文芸運動を紹介してくれたり、僕らにも書かせてくれたりした。その下に久野啓介というのがいて、僕は東京から一九六五年に熊本に帰ってきたんだけど、同時期に久野も東京支社から戻ってきて仲良くなった。彼は線の細い文学青年だったんだけど、なんと編集局長になって、俺たちはびっくりして。文化部みたいな傍流の記者が編集局長になるなんて、普通の新聞社ではないことなんだ。その後、何代か文化部出身の局長が続いた。だから熊日の文化部は伝統的に熊本独自の文学界を支えてきたと思うよ。

坂口　へえ、それは初耳。

渡辺　そういう新聞の、しかも文化部が力を持っていたことも文芸活動の土壌を作る一端を担ったんじゃないかな。

坂口　僕が二〇一三年に初めての小説を書き始めたのは、熊本に戻ってきて何かそういう土壌を感じたのと、京二さんや石牟礼さんとの出会いもあった。だから熊本の歴史を調べて自分と熊本との関係を探り始めるんです。すると、今までは言葉にしていない自分の感じていることが、土地と合わさると言葉にしやすくなった。それで『幻年時代』という小説を書くんですが、京二さんがそれを読んで「石牟礼道子の原稿を読んだときの衝撃に似ているものがあった」って言ってくださった。それが僕の励みになったんです。

渡辺　俺と出会わなくても君はずっと今みたいな仕事をしているよ（笑）。俺は才能を尊敬しているの。人の才能をやっかんだことは一度もない。だから生まれついての編集者なんだと思う。

坂口　僕と京二さんはいい年齢差ですよね。それも良かった。

渡辺　年齢差は関係なくて俺が君に甘いだけ（笑）。でも、君たちとは違う文芸活動をしている人たちもたくさんいるんだ。例えば俳人の岩岡中正が主宰する『阿蘇』という長い歴史を持った伝統俳句の雑誌や、藤坂信子主宰の詩誌『アンブロシア』とか、そういうグループがあるの。レベルが高いよ。

坂口　そういった以前からある雑誌の人と僕たちとを、京二さんが編集している感じがします。

渡辺　君は誇大妄想的だからいいけど、地方で文芸活動をしている人は大きな視点を持って、地方からでも世界基準で考え発言してほしいと思っている。もう少し若かったら皆が交流する場所を作ってもよかったんだけど。

坂口　いや、もう十分ですよ。今ぐらいの距離感がちょうどいい。作家は作品で付き合うのが一番ですから。

坂口恭平（さかぐち・きょうへい）　一九七八年、熊本県生まれ。早稲田大学理工学部建築学科卒業後、写真集『0円ハウス』を出版。『徘徊タクシー』で三島由紀夫賞候補に。『幻年時代』『自分の薬をつくる』など著書多数。絵画、音楽、人助けと活動は多岐にわたる。

〈「BRUTUS 危険な読書」（マガジンハウス、二〇二〇年一月一・一五日合併号）掲載〉

二元論のはざまで生きる

編集部（以下――）　今年（二〇一六年）の六月に渡辺さんが出版された『さらば、政治よ　旅の仲間へ』（晶文社）を読ませて頂きました。あとがきを見ると、この本が出ることになったのは、二〇一四年の『熱風』のインタビューがきっかけだったと書いてあってびっくりしました。このようなカタチで少しでもお役に立てて嬉しいです。しかし『さらば、政治よ』は本当に現代に起きているいろいろな問題を鋭く批評されています。

あれは評判悪くて、黙殺されているじゃない。要するに僕の言っていることなんてご時世に合わないのよ。

――確かに評判が悪いというのは分かる気がします。というのも、この本は、渡辺さんの政治的なものへの絶縁宣言であって、所謂、戦後左翼の現状を無視した主義主張への指摘など、耳の痛い内容が書かれています。たとえば「近年、即効的なあるいは当座の国策論みたいなものが氾濫していて、それも往年のような大局高所からの、現実離れした大論文じゃなく、ちまちまとした、自分だけがわかっているというような、こましゃくれてウガッたような診断・処方箋が急に増えたような気がする」とか、「戦闘は戦死者を伴う。自衛隊の存在を認めていながら、一人の自衛官の戦死も認めないとはどういうことか。すべて自己欺瞞ではないか」（『さらば、政治よ　旅の仲間へ』より引用）などと。

僕は安倍内閣をサポートするような気持ちは別にないけど、反安倍と言っている連中が何か滑稽なんだよね。それ書いたから評判悪い（笑）。

――今までの渡辺さんの読者からしたら、もっと安倍政権の危険なところ、おかしいところを追及してほしいと思っていたんでしょうね。ただひとつ思うのは、確かに戦前と今とでは違いますが、それでも言論の自由に関して言えば、これからだんだんなくなっていくのではないかと、心配しているのではないでしょうか。

どうして言論の自由がないと思うの。

――たとえば今、安倍政権を批判するようなことは、なかなか言いづらいような状況になっているのではないでしょうか。

できるでしょう、どんどんしているでしょう。現に浜矩子さんは『さらばアホノミクス危機の真相』（毎日新聞出版）という本を書いて、ベストセラーになっている。

――ひとつの根拠としては、テレビでは安倍政権を批判する番組が減ったことが挙げられると思います。

いつでもテレビはだいたいそうだったんじゃないかな。時の内閣に対して猛烈に批判をやったなんていうのは、田中角栄の時くらいで、その他はないんじゃないの。そのへんのことは、僕はメディアの中でのできごとはよく知りませんが、言いたい放題言っているわけだから。何か言えばまったくないと思いますね。私がその証拠で、言いたい放題言っているわけだから。何か言えば権力筋なり、あるいは政府筋とか、そういうところからプレッシャーがあるんじゃないかとか、考えたこともなければ、感じたこともない。言論の自由というのをどう考えているのか知らないけど、日本ほど言論の自由のあるところはないですよ、どんどん言えばいいんじゃないですか。テレビに関しては、NHKというのは国策会社じゃないけれど、半国策会社でしょ。

——特殊法人なので国営放送ではなく、税金も使われていませんが、かといって、民放とNHKは別のものであるという特別な立ち位置ですね。予算や経営委員会などは国会の承認が必要なので、渡辺さんのおっしゃられた半国策会社と言っても、あながち間違いではないと思います。

そのへんから、政権寄りだとかいろいろ言う奴はいるでしょうけどね。しかし連立政権がNHKをそんなふうに規制しているかというと、この前、石牟礼（道子　一九二七—二〇一八）さんなんかNHKの「100分 de 名著」に登場して『苦海浄土』（講談社文庫）を堂々とやったでしょ。そんなプレッシャーなんかないですよ。「クローズアップ現代」で、国谷（裕子）さんはとくに政府批判的な立場をとっていたというわけでもないでしょ。

——国谷さんは、言うべき時には、政権に対して批判的なこともきちんと言っておられましたね。

それはその場で言うだろうけどね。

——あとは民放ですが「報道ステーション」の古舘（伊知郎）さんの降板とかでしょうか。

僕はそんなこと思わないね。今言論の自由なんて、まったく阻害されていませんよ。テレビもね、たとえば熊本。水俣病発生確認が今年（二〇一六年）で六〇年なんだけど、ずっと番組をつくっています。どの国であれ、政権の座にあるものがメディアから批判されたくなくて、いろいろ工作するというのは、よくあることですよ。しかし、日本の場合、政府がＮＨＫにプレッシャーをかければ、そのこと自体がちゃんと批判される。現にあなたが批判していらっしゃる。

だから安倍批判がやりにくくなったなんてことは全然ないわけで、要するに安倍内閣の政策の捉え方ですけどね、あの程度のナショナリズムなんて世界中どの政府にもあるんです。そんなこと言ったら、習近平やプーチンのほうがもっとひどいですから。安倍政権が、あの程度の国益と言ってみたり、あるいは日本文化の伝統とか言ってみたり、自分の国に誇りを持てと言ったりするのはどこでもあることなんです。そういったものに対して批判するのも、まあけっこうですけどね。

今、世界はネイション・ステートに分裂しています。ネイション・ステートというのは、世界がグローバルになって国境がなくなるのとはまったく逆の方向で、民族国家がますます強化される方向です。グローバルになるということは競争が激しくなるということで、競争が激しくなれば、そこで国益を主張して自分のポジションを死守しなければいけなくなります。だから一番にあるのが国家意識で、その利害同士が厳しく対立するという状況が全世界的にあり、今はただそれを反映しているだけですよ。

だからそんなものは、今日の世界的なナショナリズム傾向の中にあるわけで、基本的には右翼でもないんです。九条の解釈変更と言ったって、それは国連で決議した軍事行動に対して、日本は何もやってないじゃないかという非難に対応しようということでしょう。それに日米同盟を結んでいるわけだから、一方的に日本はただ乗りしているじゃないかというふうな批判に対して応えざるを得ないということだけであってね。要するに民進党でも共産党でも、安倍内閣反対と言っている人たちは、日米同盟解消すべきとはっきり掲げたらいいんですよ。それから安保関連の安倍内閣の改定に対して、戦争ができるようにしたと言っているけど、戦争は自衛隊ができた途端に最初からできるようになったわけです。憲法ができたときの解釈で、野坂参三が自衛権はあるべきであると言ったら、「自衛権も放棄します」と言う人は言ったんだからね。

——そうですね、当時（一九四六年）、共産党の野坂参三は、憲法九条に対して、これは自衛権すら放棄するものだと反対していました。むしろ吉田茂の方が、自衛権すら否定するほどのリベラルな答弁をしていましたね。

だから最初自民党としては、憲法に書いてあるように、軍隊はこれを保有しない、という立場だったのよ。でもこれが自衛隊を作っちゃった。吉田は最小限にそれを留めようとしたわけだけれど、自衛のためには、というわけでしょ。ところが自衛のためであろうがなんであろうが、攻めてきたら戦争をするということです。そして自衛隊というのは、だいたい最新鋭のジェット戦闘機、イージス艦、潜水艦、戦車を持っている。日本の戦車は優秀だって言うね。

――おっしゃる通りです。一〇式戦車は世界でもトップレベルですし、日本の自衛隊の実力は世界屈指と言われています。

毎日毎日訓練して何をやっているのか。だから欺瞞なんですよ。つまり、憲法九条堅持と言う人がいたら、自衛隊も廃止です。ちゃんと憲法で戦力は保持しないと言っているんですから、あれを文字通り解釈しろというのなら、自衛隊を廃止するべきです。それなら筋が通ります。自衛隊を派兵したらどうなるかと言うと、他国が攻めてくるというのもそうそうあることじゃないけど、現実にごく周辺部分ではそういう問題はあるよね。あんな南の島、ほしければ中国にやればいいんですよ。

――そんなこと言ったら大変ですよ。

大変かもしれないけど、それで戦争になるぐらいなら、やっちゃえばいいんです。僕はそう思う。しかし、放棄しないというんだったら、軍事的衝突が起こる可能性は大いにあるでしょう。そしたら応戦するわけでしょ。じゃ、戦争になるわけでしょ。戦争になるのがいやなら、自衛隊やめちゃう。もう亡くなったけど、イギリスでロンドン・スクール・オブ・エコノミクスの教授をしていた、経済学者の森嶋（通夫）さんがいるでしょう。彼が言ったように、どうぞ占領してくれと。外国に占領されてけっこう、というわけで、それが一番徹底した立場です。そこであるのがガンジーの非暴力抵抗、不服従運動しかないわけなんでね。これはドイツがベルサイユ条約を呑まされたとき、ザール地方でやったことだけど、そういう選択しかない。

繰り返しになるけれど、安倍内閣なんのかんの言う奴は、まず日米同盟廃棄したらいいんですよ。そして憲法九条を文字通り受け取って、自衛隊を解散すればいいんです。安倍内閣が今やっていることは、要するに日本という民族国家を維持していく上では、世界中どこでもやっていることですから、日本の軍事化なんて知れたものだと思うんです。自衛隊の力はかなりあるらしいけど、それにしても抑制されていて、問題はほとんどないんじゃないですか。

一流国になる必要はない

それよりも、僕がこの本（『さらば、政治よ』）で書いている一番の問題は、僕の考えが二重底になっているということです。まず現実から言うなら、世界はネイション・ステートで分断されていること。こういう世界的な競争の中で日本という国家があるわけですが、そうすると、そこで最小限の自衛力を持つとか、あるいは国際的な軍事行動に対して、国連で決議されたことに対して、絶対従わなければいけないいわれもないけど、それでも国連決議が正当なものであり、国際的に要請されていることだということであれば、それに対して持っている軍事力を提供するのは当然ですよね。

日本はたとえば部隊は派遣するが後方支援にとどまって、絶対鉄砲は撃たないけど、撃たない鉄砲をなんぼでも持っているわけよね。それはどういう考えなのかと言うと、要するに鉄砲を撃っちゃいけない、人を殺しちゃいけない、戦争をしちゃいけないでしょ。そうすると、あんたたちは必要な戦争をやってください、私は聖人だからしませんということなんですよ。私は日本憲法九条によって聖人になることになっておりますので、できませんから、あなたたちが必要なら犯罪をやってくださいということになるわけです。これは非常に卑怯な立場です。現在の国際社会において、国家というものの位置を考える時、最小限の武力を持つ、そして国際的な軍事行動に対しては、それが正しいと判断される場合には参加する、国家としてそういう行動をするのは当たり前のことで、どこの国もやっていることです。日本は戦争において唯一の被爆国として特殊な国ですが、戦争に負けて悲惨な目に遭ったのは日本だけじゃないですから。

ここで、こういう国家に対して、僕がひとつ言いたいのは、国際社会の中で一流国である必要はなにもない、ということです。要するに今の議論は、八〇年代に日本は一流国、ジャパン・アズ・ナンバーワンになっちゃったからな。それであの夢が捨てられないもんだから。日本人は一流国になりたいという、そういう遺伝子があるのかね。戦前どころか、江戸時代からあるのかもしれない。

――江戸時代は鎖国していましたが。

いや、鎖国と言ったって国際情勢は分かっていたね。会沢正志斎（一七八二―一八六三）の『新論』なんていう水戸学は、江戸時代においてすでに、まさに世界に冠たる日本、というイデオロギーだったから。

僕は一流国になる必要はなんもなくて、蹴落とされずに、国際社会の中ではおればいいと思うんです。だから僕は石橋湛山（一八八四―一九七三）の小日本主義なんだよ。石橋湛山は、「日本は大国である必要はない、小国であっていい」と言っていたんだ。僕は石橋湛山の小国主義が正しいと思う。ノーベル賞は、大隅（良典）さんが受賞したが、これからあと酷いことになる、要するに今の研究成果というのは、九〇年頃の研究の結果がノーベル賞をもらっているのであって、今はまったく若い人がやる気がなくて、レベルが落ちてしまっている。だからしばらくはノーベル賞が続くかもしれんが、もっと後になると日本人の受賞者は生まれない時代が来ると言っているでしょう。でも僕はノーベル賞、別にそんなにもらわなくたっていいと思うんです。そしてオリンピックでも金メダルなんて取らなくていいと思うんです。第一そんなことを言ったら、ノーベル賞をたくさん取れる国があるということは、取れない国があるからたくさん取れる国が出てくるわけでしょう。オリンピックで金メダルを取るということは、ドン尻になるやつがおるから金メダル取れるわけです。

だとすると、そういう競争の中で、あくまでも勝ち抜いてトップにいなければいけないという理由はないわけです。オリンピックで金メダル取れないような国があって、じゃ、そういう国はつまらん国かというと、そんなことはまったくないわけです。ノーベル賞なんか取ってない国がいくつもあっても、やっぱりそんな国はつまらない国かというと、同様にまったくそんなことはないわけです。

僕の言った二重底の意味は、今言ったように、日本の国はそんなしゃしゃり出る必要はないし、安保理なんか入らなくたってよくて、おとなしくしておけばいいんです。で、国際的に決まった方針、正しい方向だというものに協調していって、この世界が訳のわからんカオスみたいにならないように、そこの責任を果たしていけばいいと思うんです。東南アジア、東アジアの政治的なプレゼンスなんていう面においては、頑張る必要なんてなんもないと思います。

さて、国家レベルにおいてはそう思うけれど、自分がそういう日本の国民のひとりだということは、つまり国というのは、僕にすると大家さんみたいなもので、大家に対しては義理があるわけだ。国家というのは僕を保護してくれるわけです。たとえば僕のところへ強盗が入ったら一一〇番すれば警察が来てくれる。そして僕が年取ったら、現に取ってるけど、医療費を安くしてもらっているわけで、そのうち施設へでも入ることになれば、施設には国が予算を付けてくれる。だからお世話になっているわけだ。

お世話になっている以上最低限の義務は果たさないといけない。だから「俺は国のことなんか知らねえ」というようないわゆる反国家主義者の発言があるけれど、私はそうは言わない。

だから日本国の将来を考えていく心配は、それはせんといかん。ただ、せんといかん場合でも、僕は大国主義はいらない。ささやかな国であろうが、良識的な国際行動を取っていればいいと思う。それと問題は日本の内部。つまり日本という国の内部がいい国であるかどうか。このいい国であるかどうかというのは、そこに暮らしている住民が幸福かどうか。GDPで測るのではなくて、幸福度という尺度で測ろうじゃないか、という提案があるでしょう。デンマークが一番とか、ブータンの幸福度が高いとか、そういう判断基準だってあるから。

要するに日本という社会がいい社会になれるかどうかということで、国際的に経済大国でありたい、あるいは政治大国でありたいというところで頑張ると、グローバリズムに適応せないかんわけで、その競争舞台の中で勝者であり続けなければならないわけです。そんなことに従えば国内も人間も荒れるばかりです。今の産業、労働条件もだんだん厳しくなると言うけれど、それは競争が激しいからです。昔は国内の企業において、お互いのシェア争いというのはもちろんあったわけだけれども、それでも小さいは小さいなりにやっていけた。しかし、今は国内競争よりも円高、円安ということで国際競争になる。国際競争で、経済的、政治的に強力でありたいとなっていくと、この社会というのは良くない社会になっていきますよ。それはブラック企業ですか、若年労働者をとてつもないひどい条件で働かせるところがあるというんでしょ。国際的な競争にさらされ、身を削るようにしてやらなきゃいけない。いかにして労賃を下げるかをやるから、こうなってくるわけです。大事なのは、日本という国で暮らして、自分がそこで生きている甲斐があるなという、そういった喜びがある社会にしないとね。

モノは人間を豊かにしてくれる

それともうひとつ。日本という国家が国際社会の中で国益に従った行動をすることはある程度当然であるし、またその国家に対して自分たちは責任があるということ、これは二重底の上底です。本当のところは、これが現実で、責任を果たしていることで、だいぶ税金を取られています。介護関係の税なんて、僕はなんの介護も受けていないのに、一方的に介護保険払っているからね。将来はお世話になるかもしれないけど、八六歳で世話になってないから、世話にならないまま死ぬんじゃないかと思うけど、それなりに払っている。だけどその程度にしておきたいの。

つまり、どう言ったらいいかな。自分が、一生を考えてみて、生きる充実感があったかどうか。たとえば幸せ、不幸というようなことを言うのは、何が幸せか、不幸か難しいけれど、仮に幸せだったと考えてみると、その幸せは国とはまったく関係ない。たとえば僕は戦争中は中学生だったから、不幸だったかと言うとそんなことまったくなかった。戦後の中学生はその後幸せだったかというと、まったく関係ないわけだ。それは何によって決定されるのか。国がどうであろうが、自分の生活、個人の生活というのは国家と関係がないんです。一面では、さっき言ったように、保護を受けたり、いろいろな公的な援助を受けたりするから、そこで関わってはいるけれど、だけどそれだけのこと。そこで自分の対価を、もしも徴兵制度があって、二年間兵隊に行ってこいとなれば、はいはい、二年間行ってきます、とやればいいだけのことだから。税金払えと言えば、払えばいい、町内会でそのへんの掃除をしますと言えば、すればいいだけだからね。

だからそれはやるけれども、しかし自分、個人というのは、そういう国家によって生きているんじゃない。何によって生きているかと言うと、自分というのは、生き物として動物や植物とあんまり変わらないのね。そのへんを走り回っている猫や犬は、国家があるなんて知りもしないでしょ。生物としては国家なんか関係ないわけで、その生物としての自己、自分というのが基本なの。そういう自分をやはり僕は支配されたくないし、支配したくもない。権力関係の中から逃れたい。人間はひとりなのよ。そういう自分がいて、それであと残ったのは女と友だち。だから女と友だちとの間に、自分がちゃんとした関係を築けたかどうかだね。それによって不幸になったり、幸せになったりするわけだ。

それからもうひとつは、今、何の仕事をするか、何をつくるのかということ。ジブリはアニメーションをつくっている。僕は文章を書いているわけだ。文章も何かをつくるひとつの手仕事で、大工が箱をつくったりするのと変わらない職人仕事。すべての人間が職人をやっているわけじゃないけれど、自分が何をつくっているかということだよね。

企業の場合は、これはなかなか難しいけど、自分がつくっているものが、本当に社会のためにいいものなのかどうかね。売れている以上必要なものだろうかもしれないけど、やっぱりそこで、それが本当にいいものなのかどうかということについては、自分たちがやっているのだから分かるでしょ。そうすると、本当の企業体というのは、「いいことをやりましょう」と言ってお金を出し合うところから始まるのが基本なんだよね。「お金を出し合って儲けましょう」じゃないんだよ。

そしてモノというのは、よく清貧とかなんとか言うけれど、人間にとって、自分が着ているシャツが気に入っているとか、着てて気持ちがいいとかは、実はとても大事なことなんです。ちょっと飛躍するけれど、一九世紀のオーストリアにシュティフター（アーダルベルト・シュティフター　一八〇五―一八六八）という作家がいました。静かな、自由な作品を書いた人だけど。この人の短編にこういうのがあった。地方でずっと牧師さんをしている人がいて、住民のために一所懸命やっている。たとえば川があって、学校の生徒が飛び石伝いにその川を渡って学校に行くのが危ないからというので、自分の力で危なくないようにするとか、いろいろ工夫している。自分には非常に厳しく質素で、寝るときも長椅子に寝るというふうな生活をしていた。ところがひとつだけ分かったのは、その人はリンネルの下着が大好きで、死んだ時に立派なリンネルのシャツが残されていたの。リンネルは非常に高価だったよね。ところがそういういわば聖職者として、自分の欲望を出さないような人が、美しいリンネルを着ていることに喜びを感じていた。これ大事なことなんですよ。精神と物質とを分けてさ、物質がどんなに豊かでも精神が貧しければダメだなんていうのは、本当はおかしいんです。いい物質というのは精神も豊かにしてくれるんです。

だからモノというのはね、たとえば「本なんて装丁なんかいらなくて、活字だけで綴じたらいいじゃないの、なんで装丁するのよ」という人がいるかもしれない。でもモノによって人は育つのよ。モノがなかったら、精神の育ちようがない。想像力も育たない。ソースティン・ヴェブレン（一八五七―一九二九）という経済学者がいて、経済の原動力は贅沢だということを書いている。ヴェルナー・ゾンバルト（一八六三―一九四一）も同じようなこと書いてる。ただ、人に見せびらかすのはやめたほうがいい、自分が生活を楽しむ範囲のものだけあれば、それ以上の贅沢は必要ないから。

そして、モノ以前に、植物にしろ、山にしろ、空気にしろ、鳥にしろ、獣にしろ、そういう自然のものが、つまり人間が人間として育つ上でイメージを提供してくれる原形なんだよ。だってさ、人間が空飛ぼうなんて、どうやって考えたのさ。水に潜ろうなんてどうして考えたのさ。それ以外にいろいろなことを人間が考えるときに、もしも自然も何もないような状態で、花も見たことない、鳥も見たことない、そんなだったら、たとえば詩の一行でも書けますか、書けないでしょう。だから自然というのは、人間が人間になる場所なんだよね。モノもそうなんです。要するに原始時代から何かを削って道具を持とうとしたわけだ。だから商品というのは、人間の精神を豊かにしてくれるものなのね。

明治になって海外の洋服が入ってくる。それはやっぱり世界が拡大して楽しくなるわけです。だからそういうふうな消費生活というか、モノの大事さは無視できないのよ。もうひとつの基本は儲かるということですけど、儲けはほどほどでいいんです。僕が考えるいい娑婆《しゃば》というのは、企業はそういうものであり、また提供されるものが人間の心を豊かにするような、暮らすことを楽しくするようなものね。ポケモンで楽しんでもらっちゃ困るけどね、だってあまりに幼稚すぎるから（笑）。まあ、それでもポケモンが楽しかったらやればいいんですけど。

最悪は最善を求める努力から生まれる

それぞれに自分たちでそういう仲間をつくって、いいモノをつくっていけばいいじゃないですか。社会全体としてのつながりというのは、そういう小さな交わりがあって、そこでいい仲間ができて、そこで自分が充実していればいいんです。そういう交わりの中で自分がつくっているもの、あるいは自分がしている仕事に意味を見出していったら、機嫌が良くなります。機嫌が良くなったら、他の自分の知らないグループと町で会っても、お互いニコニコできます。機嫌が悪ければムシャクシャして、他人のしたことに対して「なんだてめえ」となるわけです。

江戸時代は地域社会の中でそれぞれそういう情の落ち着きがあって、日本人はみんな機嫌が良かったのよ。とにかくお互い気を使って、いかにしてこの世の中から不愉快なことを減らそうかとしていて、西洋人がびっくりしていたくらいだった。たとえば両国の川開きの花火の時、船がぶつかるでしょ。お互いに両方から謝ると言うんだよね。日本にはそういう文化があって、なぜかと言うと、機嫌がいいからそうなったわけだ。今、地域的な共同体を再建しようというのは、みんなが不機嫌だから無理だろうね。それでも、やっぱり自分の職場、あるいは自分のやる仕事、そういういい仲間と共に働く関係をつくって、そこでなるべく支配の関係はなくすようにする。ただ、支配はゼロにはできないの。だってひとつの組織的な仕事をしようとすれば、どうしたって仕事の分担ができ、それを統括する者が必要だから。早い話が、職場には課長さんがいて、部長さんがいるわけだからね。だけど、そういうのは役割分担だから、それを権力にしないこと。共同ということを、まず自分の中で実現していって、至るところでそういうふうになっていくといい。

——今の社会は、常に誰かの失敗や失言を監視していて、水に落ちた犬を叩けではないですが、何かあればよってたかって炎上させますね。

そんなのはもういいよ。そうなっているかもしれないけど、僕はそんなこと知らない。それを言い出したら、なぜそうなったかということを言わなきゃいけないから大変なのね。つまり、イバン・イリイチ（哲学者　一九二六—二〇〇二）という人が「最悪のものは最善を求めようとする努力から生まれる」と言ったわけです。今の都会の唾棄するような風潮、それはセクハラがいかんとか、あるいは、こういったことを言ったら残酷じゃないかとか、そういうふうなことでしょ。平等であるとか、人格の尊重であるとか、差別をなくすとか、いろいろあるわけですが、それが他人の攻撃に向かって行くわけでしょ。そうすると、とんでもないことになるわけです。そんな社会はたとえばセクハラの問題なんかも、ちょっとセックスがらみの冗談も言えない窮屈な社会ですよ。昔の人は、ちょっとした冗談程度なら喜んでいたものですよ。

――今、そんなこと言ったら、大変なことになります。

昔の村なんかでは喜んだものですよ。女のほうからもそういうことを言ったりして、若い男をからかったりもしていたんです。だけどそういう風潮も行き着くところまで行ったら、戻ってくるかなと思います。この間調べたんですけど、英語の表現がどんどん変わってくるわけです。差別をなくそうということでblindがいかんというわけですね。代わりにvisually handicappedというのに変えたんだよ。でもね、handicappedと言ったら、やっぱり差別くさいというので、visually disadvantagedということになったのよ。それでもまだ差別くさいというので、今はvisually challengedになったと。もう切りがないんですよ。日本でも「めくら」という言葉を使ったらいかんというわけよ。でもなんと言い換えたところで、事実は変わらないから。こういうふうに言い換えてみたら差別のにおいがする、だからまたこう言い換える。それでもなお差別だ。また言い換える。だから問題は「めくら」と呼ぼうが、なんと呼ぼうが、差別する意識があるか、ないかだけのことであって、名称の問題ではないのですよ。そういうのが行きすぎると滑稽になって、窮屈になって、言葉咎めというか、大変な世界になるわけですよね。

この間、石牟礼さんのインタビューがあって、そのゲラを送ってきたんですが、石牟礼さんは「うちの近所には女郎屋さんがあった」と言ったわけ。でも「女郎」という言葉は禁止語なので「売春宿」と変えましたって。どっちがいやらしいですか、「女郎屋」と「売春宿」。だから滑稽なことなんですよ。それですぐその編集者に言ったの。「禁止語って、誰が禁止したの、法律があるの」って。そうしたら「業界で決めた」って。業界で決めたのなら「こっちはそんな業界には書かないよ」って。「あなた、編集者でしょ、言葉を禁止するなんてよくそんなことが言えるね」と僕は言ったんだけどね。でもそう言ったって、相手はわからんね。キョトンとして、えらく怒られたことに対してだけ、「すみません、すみません」って。

だから、差別をなくす、人権を尊重する、というのが度を越すととんでもない、うっかりものも言えないような娑婆になるということですよ。行き過ぎると、だいたいものごとというのは、秤の目盛りが元に戻るように、戻ると思うのだけれど、だけどそういうことがいかにおかしいかということを、やっぱり言わなくちゃいけないと思うし、僕は言ってきたと思う。

僕は男尊女卑ではない

——おっしゃるように、切りがないですね。日本でも障害者というと、「害」がダメというので、障碍者にしているところもあります。ただ今度は、「碍」は当用漢字ではないので、障がい者という交ぜ書きにしたところもあります。

そういうことを言う精神というのは、やっぱり正義を求めているつもりでしょ、だから正義を求めるというのが良くないんだよ。

——難しいですね。正義を求めるという、その姿勢は悪くはないと思いますが。

いや、正義というのはね、良くないよ（笑）。

——良くないことはないと思います。それは要するに、いかに正義でも過ぎたるはなお及ばざるがごとしということではないのでしょうか。

その正義が問題なの、正義というのは何でしょうね。もっと違った言葉をつくりたいね。正義というのは、非常に抑圧的な言葉なんです。正義、これが聖戦を引き起こすわけです。だって正義は不正の輩を討伐するわけでしょ、正義で凝り固まったら怖いですよ。正義ということは、間違ったことや悪がはびこらないようにしようということですね。だから悪を除去しようと思えば、いつもやり過ぎになっちゃうのね。一番怖い人間は、俺が正義の味方だと思っている人ですよ。

——それはわかります。ヒトラーにも、スターリンにも、彼らなりの正義はあったと思いますから。

もちろん、もちろん。中世のキリスト教会もそうだったでしょ。

——異端審問や十字軍の名のもとに、どれだけの血を流したか分かりませんね。

今のイスラム原理主義もみんな正義ですからね。ですから、やはり非常に難しい問題ですが、人間には全部違いがあるんですよ。差別ということとは違い、difference なんです。だからdifferenceを尊重すればいいわけなんで、たとえば僕は自分が目が見えなかったら「めくら」と呼んでほしいです。「あんたはめくらだから」と言われても、軽蔑して言っているのではないかぎりは少しも腹は立ちません。むしろ「あんたはめくらだから、無理せんでよかばい」と言われたら、かえって嬉しいぐらいなものですし、それがもしvisually challengedなんて言われたら、かえって嬉しくありません。

——私も同感ですが、それでもなかには「めくら」と呼ばれたくない人もいるだろうということで、「めくら」は使わないようにしよう、なんでしょうけれど。

どうでしょうかね。もし自分が目が見えなかったら、めくらと呼ばれて当たり前ではないでしょうか。めくらであることを罵《ののし》られているのか、それともただ事実を言っているだけかという違いでしょ。だから罵られるのは許せないということはもちろんあるでしょうから、辱《はずかし》める気持ちがあるのか、ないのかということが肝心です。

差別については、いろいろなあり方を許容することが大事で、言う人の正しさなんてものは、実はないんですよ。正しさというのは、時と場合によっていろいろ変わる柔軟性がある言葉です。というと、非常に相対的であやふやになるようだけど、そんなことはなくて、その場その場、その時その時、その人その人に応じて、人間は正しいかどうかは分かるんです。そういうことを判別する能力を神様からもらっているんですね。でも見ていると、何でもかんでも、何か言われたことに対して腹を立てるようになったのは、男も女もみんなインテリになりすぎたからなのよ。

たとえば、今だったらセクハラと言われるような問題でも、昔なら、もちろん全部が全部とは言わないけれども、そういうやりとりを通じて、女としてのひとつの免疫みたいなものができてきたのね。そして、女も負けずに若い男をからかったわけで、そういう性的な冗談というのが許される、ある種のおおらかな社会がかつてあったわけですよ。

——確かに、江戸時代もそうでしょうし、それこそ万葉集の時代からそういうおおらかな部分はあったとは思います。でも、それはもしかしたら、女性の方がガマンしていた可能性もあるわけです。本心は嫌だったのに。だから、渡辺さんのおっしゃることは分かりますが、今の感覚にはなかなかそぐわない部分があると思いますし、第一、そんなことを言う人は、ミソジニーや男尊女卑と言われて大変なことになりますよ。

僕は男尊女卑じゃないよ。僕みたいに女性を尊重している男はいないね。僕は女に育てられたから、女を尊敬してる。そして、仕事は全部女に任せる。たとえば、今度、『アルテリ』という雑誌を出したけど、中心になっている女性二人が非常に有能だから僕は全然口を出さない。僕は育った家庭がそうじゃなかったから、男尊女卑は大嫌い。僕はいろんな人から、あなたは西洋人で、日本人じゃないみたい、と言われてる。つまり、女に対する感覚が、日本の男みたいに威張ってない、女を見下してないって、それも女から言われてるんです。

——なるほど。渡辺さんの育った環境の話は『父母の記　私的昭和の面影』（平凡社）でも書かれていましたね。お父さんが外に女をつくって家に寄りつかない父親不在の家庭での、お母さんとの関係性、そこで育くまれた考え方を読むと、確かに女性を尊敬しているというのは分かります。

うん。それでね、ちょっとそういう冗談を言ったら誰もがキッと柳眉を逆立てるようになったのは、インテリになったから。インテリになるということは、庶民の世界がわからなくなることなの。だから本当に学問をするということは、庶民の世界、これは猥雑な世界で、笑いや冗談に満ちているそういう世界をちゃんと知っておいて、その上で学問をして、また知の世界に戻って行くものなので、なまじ猿知恵だけをつけたからいかんのですよ。

——そもそもセクハラというのは、もともと日本語にはない言葉で、アメリカから来た概念ですね。

それはひとつある。political correctness もアメリカから来ているんだけど、日本にもそれを受け入れる素地は十分あったね。それから、男女差別に対しては青鞜社以来の闘いの歴史があるわけだけど、本当に闘うべきものと、そういうことは笑って済ますことの区別がつかなくなっているわけだよ。つまり、インテリは物事の区別がつかなくなるんだ。理屈というか、知識というか、理性というか、そういうものでやっていく世界と、そういうものではやっていけない世界があるのに、その両方を押さえることができなくなっちゃうんだよね。日本は総インテリ化しているのかなあ。

——でも、それはもしかすると、インテリと言っても本質を見ることのできない、似非《えせ》インテリかもしれませんね。

そう。だけどそんなこと言っちゃいかんじゃない。あなたさっきから「大変ですよ」って何度も言ったでしょ。

——はい。

だから、そんな大変なこと言うやつにインタビューなんかしたらいかんよ。だってさ、僕は叩かれるじゃないの。でも叩かれるのはいいんだよ、警察にも叩かれてきて、もう慣れてるから。戦争中には、上級生や教師から、文字通り打たれたり殴られたりもした。僕は戦後の左翼運動の中でずっとやってきたけど、お互い、やっつけあうわけだ。昔の文芸評論家も切った張ったが酷かったよ。小林秀雄、花田清輝、吉本隆明、みんなそうよ。今の文芸評論家は切った張ったを全然やらなくて、何か丁重だね。昔は言葉の決闘みたいなもので、「てめえ馬鹿か」と、お互い馬鹿呼ばわりするような、僕はその中で育ってきた。だから叩かれることはかまわないけど、でも僕はジャーナリズムのなるべく片隅にいようとしてる、そのほうが居心地がいいし。だから、そういう舞台には出ていかないようにしているから大丈夫。今はあなたが相手だから何でもしゃべってるけどね。

石牟礼道子さんのこと

——なるほど、よく分かりました。ところで、今日はもうひとつ、石牟礼さんについてもお話を聞かせて頂ければと思います。

僕は石牟礼さんのところへは、週に五日行ってるの。どうして行くかというと、たとえば通信物の処理をせんといかんし、いろんなインタビューとか、原稿の依頼とか、そういうことはずっと僕が仲に立ってやってきたから。あの人は締切のことなんか考えてないんだから。僕は小心者だから、締切はずっと頭の中にあるんですよ。でもあの人なんか締切なんて平気の平左だもん。だから、僕が考えておかなきゃいかんの。インタビューの申し込みがある、あるいはテレビが撮りたいと言ってくる。受けるかどうか。受けるとすればいつ受けるか。そういうことを全部こちらがせんといかんでしょ。だから、まだ行ってるんです。ただ、僕ももう老化したから一回の時間は二時間半ぐらいだけどね。前はお昼頃から行ったら、夜の一〇時頃まで一日中おったんです。晩めしまでつくりよって、原稿の清書も全部やってましてね。でも去年ごろからだんだんと堪《こた》えてきて、まさに今は老老介護状態ですね。もっとも今は原稿の清書といっても、朝日新聞で六枚のエッセイを月一回書いてるだけですけど、前は清書だけでも大変な量でした。とにかく、彼女は散らかしますから、その片づけだけでも大仕事です。

石牟礼さんのパーキンソンは、発病したのが二〇〇一年か二〇〇二年ぐらいじゃないかと思うから、もう一五年ぐらい経つんですよ。いま彼女が入っているところ（介護施設）は、わりと手の届くところで、看護師やヘルパーは呼べばすぐ来てくれます。ずっと診ておった主治医が言うには、七〇代で発病した場合、普通は二、三年で寝たきりになるというんですよ。それが一五年経って寝たきりにはなってない。最近はかなり横になる時間が増えましたけど、それでもやっぱり車いすに座って、口述したり、読書したりしてますから、驚異だって言うわけです。主治医が言うには、それは彼女がずっと仕事をしてきたかららしいんですが、それでもだんだん、病気が押してきてまして、ちょっとこれからは大変だと思います。

短期記憶は非常に悪くなってます。ただ、昔からその気はあったけどね。「そんなこと知らん」と言えば楽だからね。「知りませんじゃないでしょうが、この間手紙を見せたでしょう」って、予定表もこっちが見せて「こう書いてあるでしょうが」って言っても、「はあ」とか言ってね（笑）。多少は認知症的なものは入ってきてるとは思うけど、まだボケてはいない。昔からそうだけど、何か言うと即座に言い返す。負けん気が強いですよ。

ただ、やはりあの人は普通のライターとは違うね。普通のライターは、僕もそうですけど、書こうと思うことしか湧いてこないのよ。こう書いて、こう書いて、こう書いて、こう書こうと思うわけ。でも、あの人は、こう書こうと思うところに、いろんなものがバーッと湧いてくるんです。普通のライターより何倍と湧いてくるんです。だから、書き出してみたらやめて、また別に書き出す。バリアントがいっぱいできるんですね。それは長いものでも、あとで糊とはさみでつなぎあわせて、原稿になるわけです。体力のある時はそういうのが湧いてくるのを抑え込んで、いろいろなバリアントが出てくるのをこう散らしてとか、自分でできたんだよ。ところがね、いろいろ湧いてくるということは脱線するわけだ。昔は脱線しても戻ってきよったけど、今は脱線があらぬ脱線になるから、その湧いてくるのを繋ぎ止めて、抑え込む力が弱ったということだね。つまり脳の働きが弱ったと思うんだけどね。

――『苦海浄土』も、章立ての構成になっていますが、書かれたのは数字の順番通りではないですね。書きたいことが溢れるあまり、論が四方八方へとっちらかってしまうわけですか。

昔からその気はあって、すぐ行方不明になる、横滑りしちゃうわけね。それでもなんとか月一で新聞連載は続けてます。ただ、もう自分では書けないんです。まったく書けないことはないんだけどね。たとえば本に署名してあげる時には、昔のような立派な字じゃないけど、まだなんとか書けるわけだけど、原稿は自分では書けなくなったものだから口述です。で、口述したのを直していくんだけど、やっぱりバーッと自分で書いてる時とは、密度が違うのね。だから、そういう点でもだんだんとますます大変になってきていますね。

でも、私は言うんですよ。「あなた、これだけの仕事をしてきたんだからもう休んでいいんですよ、無理して書かなくていい。もう身体がきついんだから、楽にしていていいんですよ」と言ったらね、「いや、まだ書ける」と言うの。それがあの人のプライドなんだろうね。彼女は締切を無視する代わりに、締切が来たら二日三日ぐらい徹夜してダーッと書くわけだよ。だから、これはもう身体が疲れるとかじゃなくて、すり減らす。それを長年やってきて、あれだけの作品を残したんだよね。でもまだ書きたいことがあるみたい。恋愛小説書くなんてね（笑）。そんなもの書けるわけないけどね。だけど、それが支えになっている。

――『苦海浄土』はあれで終わりでしょうか、四部はないんですか。

それはないです。ここまで書いたからいいですよ。そのあとはしんどいことばっかりですしね。

――でも、『苦海浄土』は未完で、四部の構想があるようなことを、本で読みました（『100分 de 名著 石牟礼道子 苦海浄土』若松英輔、NHK出版）。

しかし、それは結局は、緒方正人（一九五三―　漁師。水俣病で父を失い、自身も発病。未認定患者の運動を率いるも、八五年、申請を取り下げ訴訟を離脱。個人で独自の運動に携わり、本願の会を結成。著書に『チッソは私であった』葦書房、など）さんがやってることだよね。今、『季刊・魂うつれ』（本願の会）という雑誌が出てるわけですけど、それに書いたのがあって、重量感やまとまりはないかもしれないけれど、それが実質的に、『浄土四部』と言っていいですよ。だから、今はもう、新しく書くことはないと思います。今書きたいのは、幼い頃の話。『椿の海の記』（河出文庫）『あやとりの記』（福音館文庫）を書いてるでしょう。しかも自伝も書いている。僕はだいたい全部、編集をしてきたから分かっているので「もうないでしょう」と前に言ったら、ところが「いや、ある」と言うんですよ。「これ、初耳」って話がまだあったの、びっくりする。だから、今度の朝日新聞でもいくつか、初めて聞いたみたいな話が出てきます。自分の幼い頃の思い出をまだまだ書きたいんですねえ。

もうひとつは、弟について書きたいというのよ。ハジメさんと言う、すぐ下に弟がいたの。彼だけが他の兄弟たちとは全然違って、ちょっと道子（石牟礼）さんと通じるところのあった人らしいんですね。この人は三〇歳くらいで、汽車にはねられて死んだんですが、その弟のことを書きたいと。それから手仕事について書きたいというわけ。手仕事っていうんだから、裁縫などいろいろあるわけですが。だから、そんなふうに書きたいことはあるんでしょう。でももう杉本栄子（一九三八―二〇〇八　漁師。両親、本人とも水俣病患者。本願の会、結成メンバーの一人。漁業を続けながら、水俣病のことを語り部として伝え続けた）さんも亡くなったたし、田上義春（一九三〇―二〇〇二　水俣病患者、水俣病訴訟の原告として勝訴。東京交渉団長としてチッソと交渉、補償協定調印を勝ち取る。水俣病互助会会長。本願の会、結成メンバーの一人）さんという、彼女が一番好きだった人も亡くなったし、緒方さんはまだやってるけど、もう新しいことは言ってないしね。だから、水俣に関してこれ以上展開することは、少なくとも彼女はもうないと思うんです。

それで、今、病状が非常に悪くなっていて、月に一回、行きつけの病院に行って診察を受けるんだけど、この間調子が落ちてきたからまた入院しましょうと院長が言うので、近く入院になると思います。薬も変えていかないといけないから、そうなるとやはり入院してもらわないと、薬の調整もできないしね。入院して、立て直して、それでまたしばらく帰って、悪かったらまた立て直してと、そういうふうにしてやりましょうと院長が言うんですよ。そこはリハビリテーションの病院で、院長がパーキンソン関係の病気に関してはかなり権威なんです。だから、入院したら今までの例ではかなり調子がよくなって帰ってこれるんですが、でももう八九歳、年ですからね。

五〇年間一緒にやってきた戦友

——僕は石牟礼さんの本を読んでいつも感じるのは、石牟礼さんのもっている心の闇なんです。

みんな彼女のことを、悲母観音やマリアぐらいに思ってるわけよ。いろんな人が来て対談していくけど、大概は「ありがたや」って拝んで帰る（笑）。僕はインタビューとか対談とかしている時は、いないほうがいいので下で待ってるんです。で、みんな終わって下りてくるでしょ。「どうですか、できましたか」と聞くと、「いやあ、感動しました」とみんな言うわけ。だから、もう教祖様なの。顔を見せていただいて、ニコッとしただけでいいのよ。

ところが僕は違うと思うの。いろいろ話したら、やっぱり、彼女はこの世の虚無を見た人ですよ。だから、今あなたが心の闇と言ったけど、あの人は心の闇があるんですよ。それを分かってほしい。それがあるから『苦海浄土』も書けたわけだしね。要するにあの人は、生まれた時からこの世とうまくいってないんですよ。だから、この世はいやと言ってるわけです。自分で言っているんだけど、まだ幼少の頃、泣き出したら止まらんかったって。で、だんだん酷くなっていって、最後はひきつけを起こしたと言うんですよ。お母さんも大変だったでしょう。それともうひとつは自己劇化ね。作品を書くというのは自己劇化だもんね。小学校に上がる前の五つぐらいのときに、近くに女郎屋さんがあったのね。そこには髪結いさんがあるでしょ。その女郎屋さんに行ったり、髪結いさんに行って、上がり込んだりするなど、女郎さんたちから可愛がられたりしていたみたいね。で、日本髪の結い方を全部知ってたと言うんです、覚えたと。そういうことがあって、着物を着て、小さい子だから裾を引いてね、栄町通りをしゃなり、しゃなり歩くんですよ。だからもう、四、五歳から自己劇化。お母さんは「こん子はどぎゃんした子だろうか」と言うようになったと言うんですよ（笑）。そういうこの世に対する不適合感ね。やっぱり、我が強いんだよ。

——作家は多かれ少なかれそういうところがありますね。

これはもう、生まれつきの芸術家で、だから、傍迷惑もいいところです。まるでもう台風。あの人が行くと、ワーッとみんな大騒ぎになるわけです。あれも持って生まれたものですねえ。若い頃書いたものは、もう反抗心に満ちてるんですわ。ああ言えばこう言うで、何か言えばすさまじい反撃が返ってきますからね。

——ジャンヌ・ダルクとも言われてますね。

ジャンヌ・ダルクみたいなのは、日頃、押入に隠れていたいぐらいな奴がジャンヌ・ダルクになるんだって。これは精神病理の研究者が言っていることで、要するに分裂気質で、いつもは人から隠れていて平常じゃ役に立たないけど、ピンチが来たらこいつは強いというタイプね。だからジャンヌ・ダルクももともとは平凡な、おとなしい女の子だったわけでしょ。だから、ある種、ジャンヌ・ダルクになる素質はあったんですね。ただ、このジャンヌ・ダルクは社会的な運動家じゃなくて、あくまでも芸術家なんだよね。チッソ本社を占拠した当時、チッソの社員が石牟礼さんに「おまえが張本人だろう」と言うのよ。それで俺は「その通り」と言いたかったね（笑）。あれはひとつの構想力ですから。

――僕は、石牟礼さんは、チッソの事件を借りて、自分と世の中との折り合いをつけてるみたいにどこか思えたんですすが。

楽しかったと言うのよ。「あの時はもうおもしろかった、最高だった」って。それで、チッソの本社を追い出されて、前にテントを張ったでしょ。テントを張って、そこに患者さんが詰めるわけにいかんから、若者たちが詰めて。患者さんは昼間ちょっと来るぐらい。そのために患者が泊まる宿がいるでしょ。だから、東京で宿を借りたのよ。女子学生がずっと住み込んで、世話をしてくれてね。患者たちが入れ替わり立ち替わり来る。石牟礼さんはずっと、ほとんどそこで暮らしてたんですよ。それが一番楽しかったというの。

その後裁判が終わって、宿も解散することになったの。そこで支援学生たちが十数名集まって、打ち上げの宴会をやったの。その時あるひとりが言ったのは「患者さんの相手をするのも大変だったけど、一番大変だったのは石牟礼道子さんの相手ね」と言って、大笑いになったという（笑）。それは悪意じゃないんだよね。悪意じゃないけど、大変だったと思ったと。本当に大変だったでしょう。

――まさに台風ですね。

もう何か言い出したら聞かんから。必ず実現されたもん。何か頼むでしょ。たとえば買い物を頼むとします。この前、NHKで『苦海浄土』の放送があったでしょ。必要だと思うから、僕は一〇冊買ってきたんだよね。それを、また一〇冊買ってきてくださいとか僕に言うのよ。「まだ五冊残っとる、いらん」と僕が言うでしょ。そうしたら他の人に頼むの（笑）。それで実現させちゃう、こうしたいと思ったことは絶対やっちゃうわけ。これがすごいんです。

――いまだにそうなんですね。なんとかもっと元気で頑張ってほしいですよね。

うん、まあ、頑張らんでいいから、とにかく今の状態を続けてほしいですねえ。今やってることは朝日新聞の西部版に六枚ですが、毎回なかなかいいんですよ。ただ、ほったらかすととんでもないことになるけどね。一回は、縁の下から何かわけの分からん生物が出てきたという話で、これを受け取った朝日の記者の顔がもう気の毒でね。「これはこの回だけにしますから」と、そういうことがあったけど、衰えてない。とてもいいんですよ。

それともうひとつ、読売に俳句を一句出してます。記者が話を聞いて、談話を付けて、彼女が絵を描くから、絵と俳句の一句ですね。これもなかなか大変で、ついに俳句のストックがなくなっちゃったの。僕が、「作らんともうストックないよ、最近できないの？」と聞いたら「できない」って。だけど「俳句をつくる人は一日に、三句とか五句とかつくるのよ」って、こっちは言うわけ。そうしたら「あの人たちは写生だから、すぐ一句つくれちゃうのよ」って。それだったらできるでしょうと言うんだけど、あの人のは写生の句じゃない、イメージの句だからね。フロイト的というか、ユング的というか、曼陀羅の世界、深層世界から出てくるようなイメージだからそう簡単に出てこないんでしょうねえ。

だから、僕も大変なのよ、私ももう疲れた（笑）。言っちゃ悪いけど。疲れたというのは、前のようにできないんですよ。前だったらパッパッパッとやったことが、もうできなくなってるの。情けないね。おまえ、役に立たないからクビって言われてもしょうがない状態なんだけど、ただ、精神的なサポートというか、五〇年間一緒にやってきた戦友だからね。まあ、僕が行くことで、元気が出てくれればいいんですけどね。でも、行ったら、もうきついの。机の上の片づけをやらされる。昨日、あんなに片づけたのに、どうしてこんなに散らかるのかねえと（笑）。なにしろあの人の散らかし方は悪魔的なんですよ。それで、散らかってるほうがいいらしいの。あんまり、片づけちゃうと、帰ってからまた散らかし直す。小箪笥みたいな小引き出しがいっぱいあるのが好きなのね。書いて、分類してるんだって言ってるけど、嘘ばかり。書いてある札と中身が全然違うから。そして、僕が片づけると、この人は全部やり替えてしまいます。もうノートも一〇冊ぐらい同時進行で使ってる。それも、このノートは俳句、このノートは日記、このノートは忘れないためのメモ、じゃないんです。全部同じ内容なんです。つまり、俳句が書いてあったり、日記が書いてあったり、買い物のメモが書いてあったり、雑然としたノートなんです、何もかも打ち込んでいるノート、それが一〇冊あるんですよ。最後まで使い切らないで、新しいノートを使いたいわけ。だから、何か必要なことがあったって、一〇冊全部調べないかん。昔からそうで、あの人はノートを最後まで使い切ることがない、ノートが好きなんですよ。小さい頃はあんまりノートを買ってもらえなかったからとか言うわけです。あの人、自分で芸術品みたいなノートをつくるんですよ。手仕事だけど、それは器用でねえ。今でも自分で刺繍するんです。ああいう才能だねえ。字も上手だし歌もすばらしい。今は声が出なくなったけど、CDに入れて取っておきたかった。芝居もできるよ。あれが新劇の女優になったら名優になったろうね。絵も描けるし、何でもできるよねえ。だから、才能ってやっぱりあるんだなと思う。絵をやったって、舞台に立ったって、書道家になったとしても、歌手になったとしても、彼女は全部一流になったよ。お父さんという人は、ちょっと庶民哲学者なんです。『椿の海の記』に出てきますけどね。

——石屋さんですよね。

うん。だから、そういう哲学者のところとかはちょっと引いてるのかもしれんね。お母さんというのは、ただのとてもいい人で、馬鹿のふりをしとったけど、賢い人だったと思いますね。それでも、あの才能はどこから来たのか、不思議ですねえ。おじいちゃんの松太郎という人が、石屋だけど、仏像彫るのに図面を仏画みたいに描いたりするのが大変好きだったらしくて、そのへんから来てるんでしょうけど、でも、兄弟たちには全然ないからね。

——かといって、別に本を読んでいるとかでもなかったんですよね。

ないです。だから、不思議ですが、天才ってあるもんですわ。

知的、学問的劣化がいちばん怖い

今日はいろいろ言ってしまったけど、要するに僕が言いたかったのは、自分は国家なんかと関係ないって、これが根本なんだよね。だから、国家なんかに囚われない、ただ、浮世の義理があるから、ということね。

——でも、それってリベラリズムではなくてリバタリアリズム、そうなると民主主義は成立しにくいですよね。

いや、そんなこともないと思うよ。野党もあるし、丸山眞男さんみたいな民主主義者は必ずいるから、大丈夫。そういう人たちがいるから、こっちは言わなくていいの。でも、そういうことに本質があるんじゃないの。大体、民主主義って何をどうすることですか。だから、僕の意見を言ったら、結局ソ連のような体制下でも、中共のような体制下でも、人間は真実に生きようと思ったら生きられるんだということになっちゃうんでしょうね。だからさ、そういう社会体制や悪い体制を撃滅しようという人からとってみたら、僕はけしからん話になるでしょうね。

だけどね、そういう全体主義的な国家、あるいは非常な権力国家に対して、最後の抵抗の砦になり得るのは、個人しかいない、俺しかいないという僕みたいな立場なんです。国によって生かされているんじゃない、自分で生きていくよという人間。国のお世話にならなくても自分で生きていける、国は俺をどうすることもできないよと。それは牢獄にぶち込むことはできる、殺すことはできるでしょう。でもこっちは殺したって、投獄したって、屈服しないもん。こんな頑固者を国は屈服させられないわけ。ソビエトでは、その頑固者は無知な農民だったの。ソビエト権力はその無知なる農民を、典型的な社会主義市民にどうしても改造できないわけ。国はその頑固者に収容所でレンガ積みをやらせたところで、今日はレンガ積みがうまくいった、よかったたって、それがささやかな幸せなの。そして、友達がひとり晩飯を食わないで、譲ってくれたから晩飯がふたり分食えた、それで幸せなの。そこに国家権力はどうもできないんだな。それをソルジェニーツィンは『イワン・デニーソヴィチの一日』（岩波文庫）で書いたわけ。だから、国家の世話なんかならないよ、知らないよ、俺は国なんかと関係なしに生きていくんだから、というやつは、いかなる国家権力といえどもどうしようもないわけ。

それが最も強い抵抗なの。チャールズ・ディケンズ（一八一二―一八七〇）の小説に出てくるんですが、あるおばあちゃんが、孫がお金持ちに引き取られて、それまで孫の世話をせないかんから働いていたのが世話をしなくてよくなったと。お金持ちは、おばあちゃんも引き取ってくれると言うんだけど、おばあちゃん「自分はいやだ」と。おばあちゃんにとって恐ろしいのは福祉につかまることなの。福祉というのは当時の貧救院だよね。貧救院というのも社会福祉政策だから。これにつかまるのが怖いから、放浪の旅に出るわけ。村に広場があるでしょ。そこに座っていたら、「おばあちゃん、何してるの」と声がかかる。「おばあちゃん暇なの、それならうちに来て縫い物してよ」とか、何か頼まれるの。そういうのを引き受けて、その日はめしが食える。最後は、ある農家の物干し小屋で亡くなったのね。だから、国の世話にならないでひとりで生きる。こんなこと言ったら「けしからん、社会福祉がいらんと言うのか」と怒られそうだけどね（笑）。だけど、基本はそこなんですよ。ただ、現実的にはちゃんと、不平等、貧困問題に対しての滑り止めは必要だけどね。その装置を国はちゃんとつくらなければいけないけど、こっちとしてはもうお世話にならない、関係ないと。

だから、自衛隊なんか持ってたって困るのよ。だって自衛隊が戦ってるのに、俺は知らんというのはやっぱり人間としておかしいもんね。あいつらは自衛隊に志願して、給料をもらってるんだから、死ぬのは当たり前で、そんなもの、志願するからアホなんだ、とは言えないもん。戦争をしないためには自衛隊は持たないのがいい。日米軍事同盟を解消するのがいいと思う。じゃあ、日本は習近平が攻めてきたらどうするんだと。そんなの、上手に外交をやればいいの。向こうもメンツがあるから、そんなむちゃくちゃなことはやれないはずだからね。

戦争もね、戦争に関するロマンチシズムなんてもう全部なくなったの。戦争というのは、人類はずっと縄文時代からやってきてるわけ。やってきてるんだけれども、全部、それなりのロマンチシズムというか、それなりの正義というか、あったわけだ。だけど、第一次大戦以降、とくに第二次大戦になると、もう戦争というのは、これは総力戦ですから、ロマンチシズムのロもないです。いいことは何もない。とにかく戦争で死ぬような理由は何もないです。ですから、自衛隊は廃止する、日米軍事同盟もやめるといいです。

ただ、現実は現実ですから、夢のようなことを言ってもしょうがありません。だから、どうしても僕は現実と夢の二元論になっちゃう。そのはざまで生きないといけないわけよ。そこが難しいけど、そのはざまにいるということが今、大事なんじゃないかね。どっちかになっちゃえば簡単だよ。そのはざまを生き抜くということを「おまえ、どっちが本音なんだ、矛盾してるぞ」と言われたら、「その通り、矛盾してる」と言うしかない。

さっきも言ったけど、最近僕は『アルテリ』という雑誌をつくったのね。といっても僕は全然発言権なしで、次に出る号の内容も知らないんですよ。今度、三号が出るけれど、一切相談はないんです。僕は言い出しっぺというだけで、実際は女の人たちがやってる。そんなことをしながら、僕は熊本にいるのだけど、何も熊本への愛郷心とかじゃない、熊本は僕の世界を生きる場所だから。熊本に生きてるというのは、地方文化に生きているんじゃなくて、コンテンポラリーなんだと思うんです。だから、そこではコンテンポラリーな課題に対応できる学問と芸術をしっかり残したい。東京ばかりに任せてたらダメですよ。熊本にとくに取り柄があるわけじゃない、僕は熊本にたまたまいるから、熊本なんで、自分のいる場所で、学問と芸術の場をつくっていかないと。ものを書く、表現する。文化を表現するということ。あるいは学ぶ、表現するという、この二つの伝統というか、場、あるいはそういう機構といったらいいかな、システムというのをつくっていかないと。

じゃないと知的に劣化しますよ。もちろん世の中は文化だけで持ってるわけではない。たまたま僕らは文化に関わっているわけで、これは我田引水だけど。それでも、ここで残していかないといけなくて、知的に、学問的に今どんどん劣化してきていて、それがいちばん怖い。日本の大学が国際的に何位になるかとか、そういった位置づけなんてどうでもいいけど。理系の学問はそうダメにはならないだろうけど、いちばん困るのは、いわゆるリベラルアーツというか、教養に相当するところが滅びようとしている。だから、これからはそういう基礎的、文化的な教養を培養する土壌をつくって残していかないといけないと思う。僕はもうそれだけを考えているんですよ。

（このインタビューは二〇一六年一〇月五日に行われました）

〈「熱風」（スタジオジブリ）二〇一六年一一月号掲載〉

［参考資料］

『100分 de 名著石牟礼道子　苦海浄土』若松英輔（NHK出版）

『石牟礼道子　魂の言葉、いのちの海』（河出書房新社）

『もうひとつのこの世　石牟礼道子の宇宙』渡辺京二（弦書房）

『父母の記　私的昭和の面影』渡辺京二（平凡社）

ファンタジーを語る

渡辺京二（以下渡辺）　今日は鈴木（敏夫）さんが見えると言ったらみんな、うわあ、すごいって。あなた、スターなんですね。とくに女の友達なんか、天皇陛下が来るみたいな感じで（笑）。

鈴木敏夫（以下鈴木）　そんな、何がですか（笑）。

渡辺　ところで、あなたは徳間にしばらくいらっしゃったんですか。

鈴木　いました。スタジオジブリは徳間書店と関係があったんですよ。

渡辺　ジブリはあなたがお作りになったんでしょ。

鈴木　そうですね。だけど、作った時、僕は徳間書店の社員としてジブリを作ったんです。

渡辺　在籍中に？　そうでしたか。

鈴木　徳間書店にいた時に宮崎駿と知り合って、それで一緒にやろうということになって。

渡辺　徳間にはだいぶおられたんですか。

鈴木　一九年ぐらいいましたね。
渡辺　社長さんがワンマンの会社だったんでしょ。
鈴木　そうです、徳間康快という。
渡辺　ああ、そうそう。
鈴木　裏の方で、いろいろ世の中を動かしていた人でした。
渡辺　石牟礼（道子）さんの『苦海浄土』はお宅が最初に単行本化を申し込んできたのよ。
鈴木　そうなんですか？
渡辺　そうなのよ。それで石牟礼さんが私に「徳間ってどんな本屋？」と言うわけです。で、「どうしましょうか？」と言うから、どうしましょうかって、私なら、とにかく最初に声のかかったところから出すと。石牟礼さんは「ふーん」とか言っていたけれど、やっぱりちょっと知らないところは薄気味悪かったんでしょうね（笑）。

そうしたら、上野英信が世話をしてやるというので、岩波（書店）に持ち込んだの。英信は岩波から『地の底の笑い話』とか、新書を出しているから岩波にはコネがあったんでしょ。でも当時の岩波が反日共の立場の石牟礼道子なんて取るわけないじゃない。上野英信はいいけど、石牟礼道子には岩波はまだ行かないよね、それでアウト。その後方々の出版社へ持って歩いて、結局講談社になったのだけれど、最初に来たのは徳間だったの。
鈴木　徳間書店は右でも左でも、面白いものは出すという会社だったんです。だから、徳間は偉いと思いますね、『苦海浄土』に最初に名乗りを上げたんだから。

渡辺　ところで、今日は何の取材ですか。

編集部（以下――）　渡辺さんの『夢ひらく彼方へ』（亜紀書房）を読みまして、歴史研究家としてのイメージが強かった渡辺さんがこんなにもファンタジーに精通しておられたのか、とすごく驚きました。

渡辺　子供に本を買ってやっていたからねぇ。

――渡辺さんはお子さんに本を買ってあげた時に、どうしてファンタジーを選ばれたんですか?

渡辺　まず長女に買ってやったんだけど、最初は福音館の絵本でしょ。『いたずらきかんしゃちゅうちゅう』とか『ぐりとぐら』とか。その絵本からちょっと卒業したら、あとはグリムや宮沢賢治、要するに童話とか少年少女文学があるわけです。僕が子供の時、戦前は、ファンタジーとは呼ばなかったけれど、講談社から『世界名作全集』というのが出ていました。要するに『ロビンソン・クルーソー』『巌窟王』『ああ無情』とかですね。一方では『小公女』『小公子』とか『アンクル・トムズ・ケビン』とかも。だから、英米の児童文学みたいなのには子供の時からなじみがあると言うか、そういうのを読むのが生きがいだったのね。

なぜかと言うと、私は小学校のクラスでの生活がきつかった。というのは、私は小学四年生の時に北京から大連に移ったんだけど、大連随一のブルジョア小学校というとんでもない学校に入っちゃったの。当時の大連のブルジョアぶりはね、レベルが違うんだ。たとえば友達の家に遊びに行くでしょ。そうしたらアイスティーが出てくる。そりゃアイスティーぐらいうちだって飲むわけだけど、うちの氷はかち割って入れてるから不整形の氷なのね。それが友達の家は四角い氷、何で四角いんだろうって思うわけ。当時は電気冷蔵庫の製氷機で作っているのが分からなかった。電気冷蔵庫なんて普通のうちにはないからね。うちにも冷蔵庫はあったけど、一番上に氷を格納する木造冷蔵庫なんです。だから四角い氷は、当時ウェスティングハウスのでっかい冷蔵庫を持っていたブルジョア中のブルジョアだけ。ところが、ブルジョアの息子たちっていうのはこれが意地悪いんだ（笑）。

私は北京にいた時の小学校では一切苦労はしなかった。ところが大連の小学校に来てからは、なまじちょっと成績がよかったものだから、こいつは生意気だと言うんで、とても苦労したの。私は勉強が出来たから六年生まで級長をやらされたのね。でもそれは人望とかは関係なく、試験のトップが次の学期で級長をやることに決まっていたからなの。ところが、私を級長にするとクラスに七、八人いたブルジョアの子弟たちが収まらないんだね。きっとこいつらは幼稚園から一緒なんだろうけど、喧嘩大将と、勉強ができる奴らが組んでクラスを支配してるんだよ。だから、幕藩体制のご家老様の息子みたいな感じでさ（笑）。クラスを支配してる連中が「渡辺の言うことは聞くな」とみんなに言ってるわけ。体操の時間に担任が「どこどこにみんなを集めとけ」と言うでしょ。だから、私はみんなに「どこどこに集まれ」と言うのだけど、誰も来ない。だって奴らが「渡辺の言うことは聞くな」と言ってるからね。

これは言ってみると、イニシエーション、つまり新入りのいじめの儀式なんだね。だけど、私はこんな泣く思いがあったことは、親には言わなかった。自分の家に帰るのに、泣きべそかいたまま帰るわけにいかないから、途中に小さな公園があって、そこに三〇分ぐらい寄っていたのね。そしたら樹木たちが「なんでもないのよ、そんなことは。そういうのは人間の娑婆の話しで、この世界は人間の娑婆だけの世界じゃないのよー」って、語りかけてくれるわけだ(笑)。だから、とんでもない苦労はしたけれど、そのおかげで非常に早く娑婆を耐える修行をしたのよ(笑)。

私は非常に早く、小学校に上がる前から本を読んでいたのよ。昔の本は総ルビだったから読めるのよ。だからずっと、その物語の世界が救いだった。現実にどういうことがあろうが、学校でどういうことがあろうが、家に帰って、本を読んで、物語の世界に浸れるんだから、何でも耐えられるぞという感じになるわけ(笑)。

小学校を卒業した後は、大連一中という旧制中学に上がったのだけれど、小学校で一緒だったブルジョアの子弟たち、喧嘩大将と勉強ができる家老の息子みたいなやつも大連一中にやっぱり進学したわけ。でも喧嘩大将で私らを支配していた奴は、すっかり借りてきた猫みたいになっていた。だって大連一中の生徒たちは、大連にたくさんある他の小学校からも寄ってきているわけだから、それこそもっと強いのもいっぱいいるわけ。そんな喧嘩大将たちからしたら、お坊ちゃん小学校の喧嘩大将で威張っていたような奴は屁でもないわけだ。私は世の中広いと思った、これは勉強だったねぇ。

＊

渡辺　ファンタジーというか、物語、冒頭小説は『ガリバー』あたりから入ってくるわけだけれど、ああいう、つまり物語の世界に自分がそこで救われるとか、それがあるから生きていける体験は、私にとっては小学生の時から始まっていました。だから、自分がそういうのばかり読んでいたから子供にも買って読ませたの。まず長女が一年生になった頃ちょうど出始めた『ナルニア国物語』を買ってやったのよ。

数あるファンタジーの中でも、一番よくできているのは『ナルニア国』なのね。イギリスでは早くに児童というものの概念が成立したから、児童文学には面白い伝統がある。つまり、アッパーミドルというか、日本で言うと中流階級の生活みたいな、家庭にはメイドさん、そして料理番のおばちゃん、できれば家庭教師、ガヴァネスがいてという、そんなヴィクトリア朝のアッパーミドルのいわば虚栄の世界、いわゆる小市民的世界が一番早く成立したの。要するに『小公女』とか、バーネット夫人が代表するような欺瞞的なヒューマニズムみたいな（笑）、ということになるわけね。だけど、子供にとっては今日の文学批評だと「ヴィクトリア朝的な欺瞞」と言われてしまうような、そんなヒューマニズムが新鮮だったのね。たとえば、『小公女』のセーラがインドの金持ちのお嬢さんで、私立学校に入っていて、校長さんたちから大事にされるでしょ。ところがお父さんが没落したら、手の平を返すように屋根裏に追いやられる。ところが、そういうような悲惨な状況に遭って、おこづかいで甘パンを買ってエプロンに包んで、屋根裏部屋でひとりで食べようと思って帰ったら、乞食の女の子に会ってしまう。で、セーラはヒューマニズムでその甘パンを乞食の女の子にやる。それはいかに今日の批評家が「ヴィクトリア朝的な欺瞞」とかなんとか言ったって、子供からしたらそういうヨーロッパのヒューマニズムは非常に新鮮ですよね。

私の倫理の一つは、そういう物語の中から作られてきたんだろうと思うね。とにかく、私は本をあてがってさえいれば文句言わない子供だったんだから、こんなに扱いやすい子供はいなかったと思う。おふくろは「そんな本ばかり読んでて、少しは勉強しなさい」と言うわけ。今の親も「本でも読みなさい」と言うけど、それは勉強をしろという意味でしょ。うちのおふくろからしたら、私なんかの読んでいるような本は勉強じゃないの、だけど成績のほうもよかったからねぇ(笑)。

親父がまた面白かった。おふくろが言うには、若い時、まだ結婚する前に書いたラブレターに「ジャン・クリストフ」って署名してきたんだって(笑)。大正の終わり頃、ロマン・ロランの『ジャン・クリストフ』が流行ったわけ。そのくせ私にいつも「本なんか読んで何になるか」と言っていた。親父は日活直属の活動弁士で。それで私は京都生まれなの。トーキーの出現で失職したあとは、いわゆる興行をやっていた。つまり、いろいろ芸人と契約して、満州一帯舞台を打って回るんですよ。それでしょっちゅう日本にも行っていた。うちにはあまりいなかったけど。本当は親父なんていないほうがいいの。家にはおふくろと二人の姉がいて、そうすると女三人と私、これ、天国なんです。おふくろが料理がうまくて、それに私を着せ替え人形みたいにかわいがっていた。耳掃除はしてくれるし、足の爪は切ってくれるしでもう大変。その代わり厳しかった。こっちが理屈を言うと、ギュッと口をひねられて、「口から先に生まれてきて」って怒られる。私は内心、「口から先に産んだのは誰だ」って思ったけど、でもこれを言ったら大変だから言わなかった。だから私は理屈ばかり言っていてかわいい子供じゃなかったと思う。こまっしゃくれた、いやな子供だったのよ。

クラスでも黙っていればいじめられなかったけど、やっぱり一言多かったんだね。出る杭は打たれるってやつ。だけど、それで私は人間社会における、とくに男性間の支配関係を三年間勉強した。それが私をこんな素直じゃなくさせたのだろうけれど、人間性を学ばせてくれた。だから、私は親分だけは絶対やるまい、子分は作るまいと思っている。実際には男は事業をやると、どうしても人を集めないといけないわけで、人を集めるとどうしても多少は親分ぶらねばならんところもでてくるだろうけれど、自分の主観としては見苦しいと。親分をやるというのは、とくに男の病気なんだろうけど、私がやりたくないと思ったのは、子供時代の教訓からなんだろうねえ。

＊

渡辺　物語というのは、ファンタジーに限らないことだし、ファンタジーと純文学とを区別する必要はないと思うから私は区別していないけれど、子供の読み物も大人の読み物もないんだよね。つまり、大人になっても人はいつまでも子供なんだから、子供の時に読んだからといって、大人になったら卒業することはないの。大人になってもまた繰り返し読むんですよ。

そして、いわゆる大人の文学、一九世紀世界文学と言うかヨーロッパ文学は独特なものです。一九世紀ヨーロッパ文学はある歴史的な産物で、もう二度と出現しない、既に滅んだの。文学とか、一般に芸術というものは生物と同じように、それぞれ個性というか個体なんです。これ、（アーノルド・）トインビーみたいになってくるけど、トインビーは文明がそうなんだと言っている。要するに誕生して、成熟して、壮年期を迎えて、老衰して、消滅する。いつの時代にも、同じような文学、同じような美術があると思ったら間違いなの。たとえばギリシャ・ローマの古典は、その時代だけのもの。つまり、今、ギリシャ悲劇みたいなのを書けと言ったって、そりゃ、真似すれば書けないこともないけれど、つまらないものしかできないわけです。音楽も同じ。バッハとモーツァルトとシューベルトとベートーヴェンで終わっちゃった。今、ああいうのを真似して書こうと思ったら、書けないことはないかもしれないけれど、やっぱりつまんないものしかできないでしょう。だから、それぞれのその時の時代時代で滅びていくものなんだね。

　だから、私は一九世紀の世界文学も、根本はファンタジーだと思うんです。たとえばディケンズを取ってみても、ディケンズの小説は何が面白いかというと、出てくるキャラクターが、よくもこういうキャラクターを思いつける、というくらいみんなとんでもない。でも確かにこういう人って世の中にいるよね、というのをディケンズは描いている。そうするとね、ディケンズの世界なんか大人の童話、大人のファンタジーと言っていい。だから、作家の中には、たとえばゾラとか、もっとリアリティの強い作家もいるわけだけど、でも一九世紀文学は全部幻想性がある。ドストエフスキーは言うまでもないけど、トルストイさえ、一種の幻想性はあって、それでサンドとかホフマンとかそのへんを取ってくればまさに幻想物語で、いわゆるファンタジーとの区別がつきません。だからみんな物語の世界なんです。で、この物語というのは、ひとりひとりを追っています。私自身は、さっき大連の小学校での話をしましたが、これは私が作っている物語なのかもしれません。本当はもっともっといろいろな面での小学生の成長もあったのでしょう。ただ、自分の生涯を通して、自分の大連、南山麓小学校での生活はこんなもんであった、というふうに把握してるでしょ。それが既にあの頃の自分はこんな自分だったと自分で作った物語なんです。つまり、そういうふうに物語にすることによって、それを乗り越えてきた。だから、ひとりひとりもみんなそういう物語を持っている。それがやっぱりファンタジーという領域が存在する根拠になるんでしょう。

エリナー・ファージョンという、女性の作家がイギリスにいて、大人の作家と思われていたらしいんだけど、児童文学の作家としての要素も強くて、たくさんお話を書いている。岩波からも七冊出ていて、全部石井桃子さんが訳している。石井さんが訳しているから、間違いない、あの人はいいものが分かる人だからねえ。

それで、ファージョンに「ボタンインコ」という小さな話がある。内容は、街角でジプシーのおばあちゃんが、インコを二匹かごに入れておみくじを売っているの。子供たちが「おばあちゃん、おみくじちょうだい」と買いにくるでしょ。そしたら、そのかごの中に手を入れなさいって。インコが子供たちの手の平に乗って、そのインコがおみくじをくちばしでつまみ上げるという形で売ってるわけ。ところが向こう側の街角には、一〇代の貧しい女の子が雑貨を並べて売ってるの。きっと子供たちが通るから、靴ひもとかそんなものを売っていたのだと思うけど。毎日のように子供たちはおみくじを買って、「僕のおみくじには将来出世するって書いてあったよー」とかワアワア言っている。でもその女の子はじっとそれを見ているだけ、だっておみくじなんて買うお金もないから。そしたら、ある日、気がついたら、インコが一羽、かごの中から出てきたの。店番のジプシーのおばあちゃんが居眠りしてる間に。で、インコはトコトコ女の子のほうに歩いてくる。でもインコをネコが狙ってるの。だから女の子は思わずインコに駆け寄って拾い上げて、元のかごに返してやったの。そうしたらインコは習い性になってるから、かごに戻される前におみくじを引いて、その女の子にあげたのね。さあ、そのおみくじはピンク色をしていた。それでその女の子は、寝る時はおみくじをほっぺたの下に敷いて一生大事にしてた。ファージョンはこう書いてる。「でも、それは、こいピンクの運勢でした」とたった一語。だけど、それがどんな一生だったかというのは何も具体的に書いていない。そして、そのおみくじに何が書いてあったかも書いてない。というのは、その女の子は文字が読めませんでした、って。文字が読めなかったから、女の子には、その濃いピンク色のおみくじの中身、何が書いてあるんだか分からない。だから、ファージョンも、私も分かりません、ということなのよ。つまり、濃いピンク色でしたというのは、ピンク色のおみくじを引いたからそうだったというわけでもないだろうけど、言ってみれば、女の子が自分の一生をそのピンク色に作り上げたわけだ。だから、一生というのは物語として自分が作るものだ。あるいは、自分が作るもんじゃないと。その女の子は自分でそのおみくじを獲得したわけじゃなくて、たまたまインコがくれた、つまり賜り物というか、偶然だよね。だから、私が物語だというのは、その物語を自分が意識して、そういうふうにあろうとして、自分の一生を作ってきたというのでは必ずしもなくて、自分の一生はこういうもんだったという自分の納得の仕方かもしれないね。それをどういうふうに解釈するかということがそこにあるわけで。人の一生というのは自分の思ったようになるものじゃ決してないんだけれど、そういう一生を物語としてつかむことが、一生を生きるということなんでしょう。ひとりひとりに全員物語があって、そういう物語を一九世紀ヨーロッパ文学とか世界文学は表現しようとしてきたし、児童文学のファンタジーもその一環としてある。そういう文学の形態は、現代ではどうなのかは分かりません。なぜなら現代の文学に関しては、私は読んでないから、語る資格がないいんです。今は文学だけではないんだけれど、ある一貫した物語の存在を否定する文化理論でしょう。つまり、一つの統一的な意味を構成するようなものを解体するというか、否定するというのが、今の時代ですから。そうするとね、そこで微粒子がそれぞれ光を出し合いながら乱反射して、何かの図柄を描くということはなく、ただ混沌として、ブラウン運動をしているということに過ぎなくて。そうするとそこには図柄は出てこない。図柄が出てこないということは、物語も出てこないわけ。そのへんが、とくにものを書こうという人にとっては現代の難しいところなんでしょうけどね。

＊

渡辺　私たちはこの世界の中にあるものを、自分の視座から切り取って叙述していくわけね。つまり、私はここで今、こうしゃべっているわけで、それも畏れ多くも鈴木さんの前で（笑）。それを今日、日記で「鈴木さんがみえた、例によって私はバカ話をした」と書くとする。しかし、それは現実に今ここで起こっていること、天井の表面には目につかない生き物が這っているのかもしれないし、この空気の中には何が混じっているのか分からない、光だって射してきているわけだけれど、そういった全体の叙述はできていないのね。だから、この世界、現実、リアリティというのは雑然としたもので、その雑然としたものの中にいろんなものが入ってる。

たとえば、いろんな色が入っている中からグリーンの三角形の粒子だけを抜き出してみましょう。そしたら、あーらそこに図柄が浮き上がった、そういう捉え方をしている。だから、結局、何かを認識するということは、そこにある物語を作ることになるんですね。じゃあ、何がそういうふうに実は混沌でしかない現実の中から、さも意味ありげな図柄をいろいろ選び取らせるのか、誰が選び取らせるのか。それは自分の生命の働きなんですよね。自分が生きていくために意味づけているだけですが、それでいいんじゃないかと思うね。だから、物語というのは結局、いかに自分で自分の生きてきたということを意味づけるかということで、ひとりひとりが物語を持っているファンタジーの主人公なんだよね。

——渡辺さんは、大連での小学生時代から、ファンタジーに逃避していたわけですね。

渡辺　そうそう。逃げると言ったらあれだけどね。現実拒否（笑）。現実というのはどうしようもない。さっきも言及したように、私が大連で行った小学校は非常に特殊な学級だったと思うんですよ。これは簡単にいえば、いじめがある世界ですよね。いじめってやつは生物の世界にはほぼあるわけで、鳥だとペッキング・オーダーというつつきの順位制があるんです。つつく、つつかれるという関係がずっと階段状に並んでいるわけだけど、それがあるということは、鳥でもサルでも生命の根本的な働きの中にもあるってことでしょ。ただ、それだけで生きてるのかというと、人はそこだけでは生きられないよね。順位制というのは一つの集団の統制法として存在してる。つまり群雄割拠で、俺が強いかお前が強いか、死ぬまでやってみようなんて、お互い毎日それをやってるようじゃホッブズの世界みたいな、まるでジャングルの奥地みたいになっちゃうわけだから。そんなことはやっていられないからペッキング・オーダーとかで決めちゃうわけだよ。そういう秩序や権力関係がある以上、この娑婆はどうしても生きにくい面があるんですよ。つまり現実、世間とは、没入しなければならないものではないんです。だから世捨て人とか隠者の伝統があるんです。ファンタジーは強烈な現実嫌悪の所産であることは間違いなく、人間という社会動物であることにおける欠損感がファンタジーというアナザーワールドへの郷愁を生むんです。ファンタジーはこの娑婆にひとり立ち向かう個にとっては勇気の源泉でもあるんですね。

――はい。おっしゃる通りなんですが、しかしどこかの段階でその秩序を受け入れて、ファンタジーを卒業することを、娑婆では「大人になる」と言うのではないでしょうか。

渡辺　それを言っているのがル＝グウィンです。アメリカ人は竜が怖いんだと。竜が怖いと言うのは、つまりアメリカ人は「ファンタジー？　ああ、そんなものは子供の時に読んだよ」と言いたがるって。それは子供の話、じゃあ、大人の話って何なのか。俺は今自分の組織の中、企業の中でどういうポジションを占めているのか。あるいは、年収がいくらか、車はどういう車種を何台持っているか。そういうことがアメリカ人の自慢でそれしかしゃべらん。つまり、アメリカ人は竜が怖いんだというふうに、ル＝グウィンは言ってるわけ。それが大人になるということだって。ということは、アメリカ人が大人になりたいというコンプレックスは、実は非常に子供っぽいコンプレックスだと言うわけよ。だから、大人になりゃそんなものは卒業しますよ、なんていうのは俗な話だから、そんな話は問題にする必要はない。ただ、要するに、私が今、ちょっと言いかけていたのは、私が少年時代にちょっと体験したような、この世の中の人間の娑婆というのは権力図のような親分子分の関係、あるいはいじめの世界、そういう世界の現実があることは事実で、つまり、そういう事実からは逃げられないわけです。現実逃避なんて言うけど逃避なんてできないんですよ。あなた、みんながそこから逃避できるなら結構ですよ。けど、逃避できないからこそ、ファンタジーが生まれるわけなんです。つまり、私たちの人間関係は至る所でペッキング・オーダーであるような、そういった一種のリアリズム、苦さを含んでいるわけで、そういうものから逃れられない。逃れられないからファンタジーが出てくるんです。社会は生きることの一面だからどうしても、一つの構成をしなければならない。

ところがね、社会というのは二面性があって、一つの統制団体であると同時に、もう一つは交わりの仲間でもあるんですね。つまりいわゆる娑婆の中に、その娑婆を超えた人間の交わりがあるはずなんです。だからキリストは、神の前ではすべて万人が平等、坊主は仏さんの前ではみんな兄弟よ、と言うわけでしょう。そしてこの娑婆のいろいろなしがらみは仮の姿で、そういうものを乗り越えた裸の人間としてのフラットな、しかもインティメートな交わり、ソサエティがあるんです。現実の娑婆での利害関係や権力関係を全部捨象《しゃしょう》したあとに出てくる、それぞれ裸の自分としての心のつながり、そういうのを仏法ではサンガと言う。だから、サンガとしてこの世があるはずなんだけど、そのサンガとしての世界というのは努力しないと出てこない。お釈迦様もそういう世界を求めたからお城から出ていったわけだし、日本でも西行だってそうで、世の中を捨てることがもう一つの交わりの世界に出ていくことだったんだよね。一方で権力関係やお互いのいがみ合い、ねたみ合いといった世界は努力しないでもそこにちゃんと現存している社会。

だから、そういった意味では、現実といったっていろいろござんす、という話になりまして。私なんかは、本当の意味での交わりの世界に年を取るごとに近づいていくようであればいいと思うんだけど、ところが、そこはやっぱり少し修養せにゃいかんから、難しいんだよねえ。いろいろな自分の悪い癖を直さないといけない。そして、人間には自尊心があるわけだけど、自尊心は自惚れでもあるんだねえ。この自惚れというやつが、一面ではいいことをする原動力にもなる。私なんかずっとものを書いてきて、多少の仕事はできたかなあと思うのは、自惚れのせいだから。だけど一面、この自惚れがこの世の苦しい世界を生み出してるんじゃないかというこどもあって。だから、この自分の自惚れた根性を、何とか昇華しないといけなくて難しいんですねえ。

ただ年取ってくると、エネルギーがなくなってくるから腹も立たなくなってくるね。何で昔はあんなに腹が立ちよったのかなあ。私の名前、渡辺京二の「きょうじ」は「狂児」と書くのが本名だと言われてたんだよ（笑）。噛みつくともう大変だった。だけど最近、よっぽどのことがないと腹も立たんです。つまり、自分というものはたいしたことないんだということがよく分かってきますから。若い頃は口でそんなこと言ったって、本心は違ったんですが、今この年になってくると、自分なんて正しいことないのよ。卑下するわけじゃなくてね、それでいいのよという感じになってきてる。そういうのはやっぱり、年取った一つの功徳なんでしょうねえ。

＊

――話は変わりますが、スタジオジブリはファンタジー作品をたくさん作っていますが、ご覧になられたことは。

渡辺　ほとんど見てるんじゃないかな、素晴らしいと思います。たとえば「風の谷のナウシカ」で「腐海」が出てくるけど、あのアイデアはやっぱりなかなかだね。いや、宮崎さんのような仕事ができりゃあ、言うことないでしょ。私なんかも理屈を言わないで、ああいうものが作れたらと思う。私の場合は文章で物語にするんでしょうけど、そういう世界が作れたらもっといい一生だったかもしれませんね。

でも私は物語が書けないのよ。さっき申し上げましたように、小さい時から本をたくさん読んでいたせいで、小学校の四年か五年頃に少年冒険小説を書きかけたことはあるの。最初のシーンは書くわけです。それはりりしい少年とかわいい少女が出てくるんです。真似して最初のシーンは書くのだけど、あと、お話が出てこない（笑）。だからそこで「ああ俺はストーリーを作る才能がまったくないね」ということを小学生の時に気づいた。ジブリの作品は、シナリオライター、ディレクターというふうに分かれてないんだよね。

鈴木　だいだい同じですね。

渡辺　あなたはプロデュースをなさるんですか。

鈴木　そうですね。

渡辺　ということは、そういう仕事をやるために、スタッフをいろいろ集めてくる？

鈴木　はい、そっちの面も。

渡辺　もう一つは、作品を上映、販売する？

鈴木　そうですね。全部やりますね。

渡辺　この二つですか。

鈴木　はい。でも、一番大事なのはやっぱり、作ろうとする人が変なところへ行っちゃわないように（笑）。

渡辺　ああ、作品を見ながら言うわけ？

鈴木　そうです。話のほうも。もし変なところへ行っちゃったら「これじゃわけ分かんない」と言うことはあります。

渡辺　クリティークとしての役目も果たしてるわけだ。
鈴木　最初の読者というか、最初の観客として。
渡辺　編集者みたいな面があるんだね。
鈴木　編集者と同じです。僕が元々編集者だったんで、そのやり方しか知らないんです。
渡辺　私は編集者と喧嘩ばかりしてたの。編集者から口出されると腹立つよ。
鈴木　僕は我慢強いんです。
渡辺　口出すようなら、だいたい頼むなと言いたいわけよ。
鈴木　僕は上手に口を出すんですね。本人が気づくように。
渡辺　編集者にも二つある。一つは自分の有能さを出したくてたまらない。そういうタイプにとっては、作家は馬で自分はジョッキーのつもりなんですよ。
鈴木　そんな編集者は、僕はあまり好きじゃないですね。
渡辺　作家には何も言わない方が利口なのよ。何か言われると意欲を削がれちゃうけど、おだてられれば走るから。
鈴木　はい、そういうものですよね。僕は別の言い方をしますね。「これ、三時間になっちゃうんですけど、いいでしょうか」とか（笑）。
渡辺　何か言うには、よほど相性がよくないとダメよね。
鈴木　そうですね。

渡辺　あなたと宮崎さんはよかったわけね。
鈴木　なんか、似てたんですよね。
渡辺　ふたりのあいだの友情は非常に濃いというか、強い？
鈴木　小さい頃に読んでいたものが、たとえば杉浦茂の少年漫画とかすごく一致してました。
渡辺　年も同じぐらい？
鈴木　年は向こうのほうが七歳も上なんですけれど、気がついたら、もう四十何年付き合っています。
渡辺　いいですよね、羨ましい関係です。なかなか、そう行かないですよ。あのね、男同士ってなかなかうまくいかないんです。ある程度親しくすることはできますけれど、それ以上親しくなろうとすると、かえって喧嘩になるんです。だから「君子の交わりは淡きこと水の如し」と言っているわけで、深入りするとそれまでの愛情が憎悪に変わったりする例は非常に多いですから。でも理想的な関係で、そういう友人とか欲しいですね。私は友人がいい仕事をしてくれればうれしい。後輩の場合は、出版社に紹介してあげたいし。私はそんなふうに人の本をたくさん作ってあげたと言ったら嘘になるけど、編集者の本能があるんです。
　才能が好きなんです。才能があったら世の中に紹介したいし、伸びてもらいたい。だけど、物書き同士になると、相手の嫉妬心、競争心をひしひしと感じる。自分にもそういうものがまったくないかというと、ないわけじゃない。どういう形で出てくるかというと、「あんな程度の低いバカな者が評判になってる。どこがええんじゃ」というカタチで出てくるわけ（笑）。でも私より偉い方は別。私の場合は吉本隆明さんとか、橋川文三さんとか、谷川雁さんといった方々が先輩でずっと頭を押さえられてきた（笑）。頭を押さえられて大変だったけど、そういう人はもう最初から別、尊敬してるから競争しようなんて思ってない。ところが同輩になると、自惚れなんだけど「ダメじゃないか」と思ってしまうのよ。これが悲しいところでねえ。

だからあなたたちのような、そういう友達、同志と言うかね、私は左翼運動出身だから「同志」という言葉になるのだけれど、そういう同志がずっと欲しかった。だけど、ある時期からそういうものは求めなくなりました。男の場合、難しいです。

鈴木　お話を伺って、僕は宮崎さんともっとちゃんと付き合おうという気になりました。今日お会いできて本当によかったなと思いました。僕もね、そりゃ人間ですから、いろいろ頭にくることとかありますけど、でも、四十何年やってきたんです。

渡辺　才能を持ってらっしゃるから、才能に惚れ込むことがいいんですよ。

鈴木　でも、あまりにも度し難いところもあるんで（笑）。

渡辺　男同士は難しいです。

鈴木　難しいですよね。でも僕が逃げようとすると、すぐ首根っこをつかまえられるんです（笑）。とにかく四〇年付き合ってきて、いまだにしゃべる時、緊張します。向こうも疲れるみたいですけど（笑）。でも、その緊張関係がいい感じなのかなと思っています。だから、宮崎と話すときは今でも、会う前に何を話すかは決めておきます。四〇年経っても変わりません。
渡辺　でもあれだけの仕事をふたりで生み出してこられたんだから、もうそれで充分に大丈夫だし、言うことないよ。
鈴木　いやいや。煩悩のあるかぎり（笑）。
渡辺　しかし、宮崎さんって幸せだねえ。あなたみたいな人が付いていて。
鈴木　みんなに言われてます（笑）。
渡辺　私にもそういうのがひとり付いていればなあ（笑）。だけど、物語を作るっていいね。私なんか、文献を読んで拾い上げた話を書くわけで、文献を読んでなんぼでしょ。ところが、この年になったら読むのが大変。
鈴木　だけど、あの『逝きし世の面影』だって、よくあれだけのことを。
渡辺　あの頃は若かった、六〇代だったから。
鈴木　それでも、集めた分量が半端じゃないです、それに圧倒されましたから。
渡辺　いや、圧倒するほどはたいしたことないけど、それでも多少は凝るね。ところで今度は、何をお作りですか。
鈴木　今度こそ最後だということで、吉野源三郎さんの『君たちはどう生きるか』、そこからタイトルだけ借りて作ってますね。内容は、普通に見たら分からないんですけど自伝をやってますね。

＊

鈴木　渡辺さんの『父母の記　私的昭和の面影』（平凡社）、あれ、ほんとに面白いですよね。何でかというと、当時の大連がどういう町だったか、具体的にお書きになっていてよく分かるからです。要するに普通の人がどういう環境の中で生きていたのかと。他の記録って、みんな戦争のことばっかりで、それ以外のものが資料としてなかなかないから。

渡辺　日米戦争が始まるまでは、明るいいい時代だったんだよ。おふくろに、戦争中は、配給とか大変だったねと言ったら、いや何でもあった、と言うんですよ。お金さえ出せば何でもあった、だから配給で苦労した覚はないと。ひどかったのは終戦後。あの時は、僕は常食がコーリャン（モロコシ）でした。コーリャンって食べたことないでしょ。米はもう食べられないから粟のおかゆなんだけど、これはまだおいしいんですよ。コーリャンのおかゆときたら酷くて餓死寸前でしたね。そして気温は零下一七、八度まで下がるんですが、石炭なしのひどい冬でした。

清岡（卓行）さんの『アカシヤの大連』（講談社）、お読みになりました？　大連はどういう町かということは、あれが一番よく分かる。たとえば野球チームが二つあって、この二つが都市対抗の最初の大会で、二年続けて優勝しているんです。だから、何と言うか、昭和の初期のプロ野球が出てくる、喫茶店が街に溢れてくる。そういう昭和モダニズムみたいなのをもろに経験できて、いい時代だったんです。少年時代は、暗い谷間じゃなかったです。

鈴木　終わってからのほうがひどかったというのは、皆さんおっしゃる。

渡辺　日本自体が空襲で全部焼かれたわけでしょ。それでとにかく両親が母の親戚を頼って、熊本に引き揚げてきた。その親戚は焼け出されて、菩提寺に六畳一間を借りて、三人で暮らしていたんですね。そこに親父とおふくろと子供らも転がり込んだ。だから六畳間に八人が暮らしていました。内地にいた奴は空襲で、植民地にいた奴は一切の財産を失って、両手に提げるだけ持って帰ったでしょ。で、その補償なんかしてくれない、考えもつかないわけだから。

鈴木　朝鮮、韓国とはずいぶん雰囲気が違っていたんですね。

渡辺　同級生に朝鮮人がいたの。学校の体操の時間に相撲の時間があるわけです、私はわりと相撲は強かったんですが、その子はいつも突っ張ってガーッと突っ込んでくるだけ。そこでパッといなすと、すごコロンといくわけね。そうすると、何回も何回も悔しがって挑戦してくるの。ははあと思ったね。その子は植民地の被支配者の根性があるんだなと当時思って。でも、クラスで決していじめられたりはしなかった。同級生に中国人もいた。金持ちのぼんぼんで、自転車に乗ってくるの。自転車持ってる子なんて当時、少なかったけど、自転車乗せてよ、と言うと、うんいいよ、ってクラスの人気者だったの。中国人というのは一切肩が突っ張ってないの。さっきの朝鮮人の子は、日本人には負けたくないという感じで何か気負いがあるような気がしました。私自身は意地悪いことはしてなかったんだけど、あの子はいろいろ悔しかったんだろうねと思って。というのは、当時、学校においては全員天皇陛下の臣民である、平等である、一切民族差別は罷《まか》りならんと言っていたわけです。もちろん建前だけどそういう教育を受けていたのよ。だけど、誕生日だから遊びに来てよと言われて、中国人の家に行くでしょ。そうしたら満州貴族なのよ。丸い帽子をかぶって、中国服を着て出てくるんだよ。

鈴木　以前、戦時中にソウルに住んでいた方に話を聞いたことがありました。そうしたら、バスも汽車も交通機関は全部日本人が乗るところと朝鮮人が乗るところは違っていたんですよね。一つの車両の中で分けられていたんです。

渡辺　へえ、誰がそんなこと。大連ではまったくありませんでしたよ。

鈴木　朝鮮人のほうは超満員、日本人のほうはすっからかんなんですって。

渡辺　アホなことやるねえ、本当に。でも大連はそんなことまったくなかった。

鈴木　自由なんですね。お話を聞きながら、ずいぶんと大連とソウルは違うなと思いました。

渡辺　朝鮮ではバカなことやっていたんだね。大連はその点、たとえば中国人の物売りがうちに来るでしょ。当時の日本人は汚いものが来たみたいに追っ払うわけ。私は「お母さんダメよ」と説教するわけです。「大連に住んでる中国人は日本の国家の一員なんだから」。そうしたら、おふくろが近所のおばちゃんに自慢するの。「今日、京二から説教された」って（笑）。だから終戦後、中国人から日本人が仕返しされたっていうのはほとんどなかった。私は中学を辞めちゃって、左翼系の組織である大連日本人引き揚げ対策協議会に入っていたの。周りは延安帰りばかりだった。延安って分かるかな、延安というのは中国共産党の本拠。野坂参三一派が延安から来た連中、共産主義者ばっかりだった。そこで初めて私は共産主義の洗礼を受けたんだけどね。それでいちばん最後の引き揚げ船に乗ったんだけど、引き揚げの前日、床屋に行った。当時床屋は全員中国人だったの。私が「おじさん、僕は明日引き揚げで帰ります」と言ったら「ぼっちゃん、大きくなったらまた大連にいらっしゃい」と言ってくれたのね。

鈴木　朝鮮と違う。朝鮮は、日本人がみんな向こうに行っていてとても豊かだった。ところが、終戦の日、それこそ当時の女中さんとかまでもが全員態度が変わったと。今までの呼び方で呼んでも、こちらを向いてもくれないとか。だから、人間のもう一つの怖い面を見たって言いますね。

渡辺　中国人の同級生は金持ちではあったけど、大人って感じだった。あれが中国人のしたたかなところね。

鈴木　森繁（久彌）も満州のＮＨＫでアナウンサーやってましたよね。

渡辺　ああ。そして、左翼が満州にいっぱい来ていてね。だから大連ではプロレタリア演劇運動の生き残りの連中によって戦後すぐに大連芸術座という劇団ができたんです。大連芸術座というのは、チェーホフのモスクワ芸術座を意識してるわけ。大連は、私がもう少し大人だったら、もっと面白かっただろうなあ。大連をそのまま日本に残してくれたらよかったのに。七代にわたって中国に弓引きませんから、大連だけは日本人の町を残してくださいと（笑）そう言いたいぐらい、本当にいい町だった。私は大連にずっと暮らしてたら、もうちょっと幸せだったろうなあ。

鈴木 (笑)

渡辺 今日はこんなことでよかったんですか。

鈴木 いろいろ勉強になりました。たぶん、少年少女文学書などを読んだ世代は、僕らが最後だと思うんです。

渡辺 今の子も読むといいのにねえ。

鈴木 僕もそう思うんですけど、読まないと思います。第一、もう売っていないですし。

渡辺 ああいうのを読むと、わけの分からない人殺しはしないよ。人殺しはするだろうけど、わけの分かった人殺しをする。

鈴木 でも戦後の少年少女文学、世界文学って、後々有名になるいろんな作家が書いていますよね。『巌窟王』とかよく見ると、柴田錬三郎とか梶山季之とかの錚々たる作家が、習作というか練習のために翻訳しているんですよね。

渡辺 お金も欲しかったんですよ。私もお宅で映画にしてもらえるような話を書けたらいいなあ(笑)。何度も言うけど残念だな、その才能がなかったのが。本当に。

そうそう、私は石牟礼さんに『風の谷のナウシカ』の漫画版を五冊あげたの。読んだかなあ(笑)。あとは狼がでてくるやつ。

鈴木　「もののけ姫」？
渡辺　あれは石牟礼さんが生協からビデオを買って、ふたりで見た。
鈴木　何とおっしゃっていました？
渡辺　それは面白がってましたよ。彼女がジブリの映画で見てるのはあれだけじゃないかなあ。まだ他にも見せられたらよかったんだろうけどねえ。

鈴木敏夫（すずき・としお）一九四八年、名古屋市生まれ。慶應義塾大学卒業後、徳間書店に入社。『週刊アサヒ芸能』を経て、一九七八年アニメーション雑誌『アニメージュ』創刊に参加。副編集長、編集長を務めるかたわら、高畑勲・宮崎駿作品の制作に関わる。一九八五年にスタジオジブリの設立に参加。一九八九年からスタジオジブリの専従に。二〇〇七年からはＴＯＫＹＯ ＦＭ「鈴木敏夫のジブリ汗まみれ」のメインパーソナリティを務める。近著に『天才の思考　宮崎駿と高畑勲』（文春新書）。

（この対談は二〇一九年一二月一〇日に行われました）
〈「熱風」（スタジオジブリ）二〇二〇年三月号掲載〉

Ⅲ

著者近影　2020年2月、植山茂撮影

激励

四十代の若い女性が中心になって、熊本にささやかな文芸誌が生れる。四十代を若いというと笑われそうだが、八十をとっくにすぎた私からすると、若いとしか言いようがない。いずれ三十代も二十代も、この小さな原っぱに加わってくれよう。

現代はとっくに文学の世紀ではない。文学は冗談とお噺のマイナーな世界に閉じこもってしまった。滅びゆく森のどこに隠れた小径を見つけられよう。それでも言葉によって生きたい。それによってしか真に生きられないという人びとが存在する以上、森の深みに通じる小径はおのずと光を放たずにはおかぬだろう。

熊本には石牟礼道子、伊藤比呂美、坂口恭平という生命にみちたことばの発信者がいる。このささやかな雑誌は、そういう人たちが喚起する世界を、ひとつの伝統として受け継いでゆくことになろう。

私はラーゲリの死者たちと連帯する思想しか信じない頑固な老人、つまりすでに死者の国の住人で、ひとり最後の戦いを終えるつもりである。けれども、この雑誌の成立にいくらか関わった者として、心から祝福を贈りたい。死者の国からの祝福は不吉とは限らないのだ。

二〇一六年二月 吉日

（『アルテリ』創刊号（二〇一六年二月刊）掲載）

『アルテリ』創刊始末

『アルテリ』という雑誌は、私が「出そうよ」と言って始まった。このことに間違いはない。なぜそんなことを言い出したのか、最早記憶はおぼろだが、ひとつには坂口恭平さんが、何か文化運動みたいなアイデアをしきりに口にするものだから、それなら雑誌を出せばいいじゃんと言ったら、即座に乗った。

誌名は『ロビンソン』にする、編集は長崎書店の児玉真也さんにやらせる、街の話題みたいなページをぜひ設けたいと、明日にも出しそうな勢いである。ところが具体化しない。私にはまだ恭平さんという人がわかっていなかったのである。この人はアイデアを楽しむ人である。必ずしも実現しなくてもよい。アイデアであるからこそ楽しい。実現するとなれば人を集め、人と折り合わなくちゃならない。時に蒲団を頭からかぶって、死にたい死にたいと言う人のすることじゃない。いとしき恭平のいいところは、あくまでひとりということである。やっとそれがわかった。

しかし彼が『ロビンソン』なんて誌名まで考え出すものだから、雑誌を出すアイデアは私のアタマに残った。出すなら橙書店の田尻久子さんを抜きに出来ない。なぜなら第一に恭平は毎日彼女の店で小説を書いている。しかもここは伊藤比呂美さんの「熊本文学隊」の本拠なのだ。比呂美さんには以前伺ったことがあった。「文学隊って何するところ?」「文学をネタにわっと遊ぼうってんのよ」「雑誌なんか出さないの」「そんな面倒なことするもんですか」。そして釘を刺されてしまった。「忘れちゃダメよ。石牟礼さんと京二さんは文学隊の顧問ですからねっ」。そういえば、そんなこと以前言われた気がする。藪突っついて蛇出しちゃった。

そういうイキサツがあるので、田尻さんと雑誌を出さない?という話になった。五、六人で何回か集まったが、実際に『アルテリ』という雑誌が出ちゃったのである。これは全く田尻さんの実行力としか言いようがない。

私が寄与したのは『アルテリ』という誌名だけである。最初は『旅の仲間』というのを提案したのだが、「旅行雑誌と思われちゃいます」という、阿南満昭さんの一言で却下。私は言うまでもなく、トールキンの『指輪物語』を念頭に置いていたのだけれど。古いロシアにはアルテリという慣行があって、一種の職人組合であるが、たとえば四、五人で海にラッコ狩りに行こうって際にも、アルテリを結成する。これが田尻さんの気に入った。

田尻さんは新聞記者とかアートデザイナーとか、印刷関係者とか、そのまま編集スタッフになれる人びとを、店の常連さんの中に持っていて、またたくうちに第一号が出来てしまった。私は何もしていない。ただ創刊号を手にして、ひたすら溜息をついただけである。

私は二〇〇一年に『道標』という季刊誌を創刊し、その後編集を若い仲間に譲り渡して、その方にも一切口出ししない方針でやって来たぐらいだから、『アルテリ』創刊号についても口出ししなかった。だからどんな雑誌になるやら、皆目見当がつかなかったのだが、創刊号を手にして、私が編集したらこんな雑誌には絶対ならなかったと思った。

私が編集したら、主論文、小説、軽いエッセイ、書評など、ありきたりにかっきり区分して組み合わせる。そして活字を詰めこむ。ところが『アルテリ』創刊号は私の編集概念のまったく外にあった。要するにフリーなのだ。隙間が一杯あるのだ。流動的なのだ。一ページにこんなに余白をとるなんて、何て贅沢。贅沢は敵なんて、戦時中のスローガンが口からとび出そう。

しかも創刊号一千部は即座に完売。増刷一千部も完売。私が東京から帰って一大決心をして『熊本風土記』を出したときも一千部だったが、実売は八百部にすぎなかった。私は脱帽した。田尻さんに任せた以上、もともと口出す気はなかったけれど、これで安心。私は一切口出しせずにすむ。いや、口出しする能力がない。

田尻さんは一号出すごとに、宣伝ビラまで作られる。石牟礼道子さんや私の写真が、ディズニーランドのミッキーマウス人形よろしく現われる。道子さんはもとより様になっているが、私のは滑稽。あれでお役に立っているのかなあと思うが、言い出しっぺのくせに何もしていないから、それですむならと諦める。
以上、まるで他人事のような言い草に聞こえかねないが、私の老後はこの雑誌あるゆえにゆたかになっている。自分の言葉を持ちたいという人が次々と誌面に現われるのに、僅かな希望がここにあるのかしらと思ってしまう。問題は田尻さんの過労である。どうか若い人たち（と言っても八十九歳の私より若いという意味だが）が編集、販売に加わって田尻さんを助けていただきたい。いっしょに雑誌を作るというのは、人生の浄福のひとつです。

（『アルテリ』一〇号（二〇二〇年八月刊）掲載）

渡辺京二　二万字インタビュー①

アルテリ編集室（以下——）渡辺さんはずっと雑誌を出して来られましたね。

　話せば長くなるんだけど、僕は昭和二四年から二八年一一月まで結核療養所だった再春荘病院にいて、出てきてすぐにやったのは「新日本文学会」の熊本支部の再建だった。新日本文学会熊本支部は昭和二三年に出来て、僕は最初の会員になっていたんだよ。一七歳、全国最年少の会員じゃなかったかな。そして昭和二五年に共産党が分裂した後、「新日本文学会」はいわゆる分派として、党から除名された。僕は昭和二八年に再春荘病院を出た時、すぐにその熊本支部を訪ねてみた。そしたら、特に文学をやっている人たちじゃなくて、分派として除名された人たちを中心に、共産党とは関係のない男女が多少集まっている感じで、会員は一人しかおらず、機関誌「新熊本文学」も中断して出ていなかった。会員というのは一応作品なりなんなりを書いて、ある程度の実績がある人しかなれなかった。だから、僕はすぐに熊本支部の再建に取り掛かった。支部は三人で成り立つんだけど、会員は僕のほかに桝添勇さんしかいなかった。この人は戦前からのプロレタリア詩人。もう一人獲得せなんいかんということで、県教育研究所にいた吉良敏雄という人に会員になってもらって、支部を再建したわけだ。そして機関誌を復刊しないといけないということで、いろんな書き手を集めて「新熊本文学」を昭和二九年春から月刊で出し始めた。その過程で本田啓吉、上村希美雄、熱田猛、今村尚夫、中畠文雄という書き手が参加してきた。

「新日本文学」というのは分派でしょ。ところが、雑誌を出し始めた昭和二九年には党内の分裂が修復されて、分派として除名されていた人たちが復権して復党していた。つまり、党内に「新日本文学」に関わってもいいだろうという雰囲気が出てきた。

要するに昭和二五年に共産党が分裂した時、「新日本文学」は分派とされたけど、名のある文学者は中野重治以下、全部「新日本文学」だった。それに対抗して共産党の主流派が徳永直を担いで出したのが「人民文学」だったが、雑誌としては「新日本文学」よりずっとレベルの低い雑誌だった。当時熊本にも人民文学系統、つまり党主流派の「熊本文学」というのを出しているグループがあった。「人民文学」の熊本支部みたいなもんだけどね。だから僕が「新熊本文学」を出した時も、「熊本文学」から相当嫌がらせがあった。党主流の雑誌があるのに、渡辺というやつは、自分で勝手に雑誌をやってるみたいなことさ。

「新熊本文学」は昭和三〇年になると、「熊本文学」のグループを吸収し、メンバーが拡大して活版印刷になった。そのころ、ちょうど谷川雁が登場してきた。彼は『大地の商人』という詩集を確か二九年に出版したと思う。僕は谷川雁という詩人がいるというのは知っていたんだけど、まだその詩集は読んでいなくて、どういう人なのかなという感じだった。その谷川雁が活版印刷に移行した後の「新熊本文学」に、痛烈な批判を投稿してきた。その批判は「熊本の地方的な伝統を踏まえていなくて、非常に観念的な左翼の集まりみたいなことをやっている」という内容だった。彼は当時「大地の商人」に続いて、「原点が存在する」という評論集を三〇年頃に出していて、「深いところに下りていけ」と言っていた。「原始の妣がいるようなところに、つまり深いところに下りていけ」と言っていたわけですよ。当時、石牟礼さんはそれを水俣で読んで、「おれ家《げ》の方角だ」と思ったわけです。僕はまだそんなこと知らなかったけど、そういうことを踏まえて谷川雁は「新熊本文学」を批判してきたわけなんです。ただ、その批判を通じて僕は谷川雁と交渉するようになったんです。

僕は谷川雁から上通りの喫茶店に呼び出されて、「新熊本文学のメンバーの中で話すに足るのは君だけだ。だから、こうやって君に来てもらった」と言われた。要するに上手、上手。僕は「取り込まれんぞ」と思ったわけですよ。そういうところから僕は谷川雁と接触が始まった。「新熊本文学」というのは一種のサークルだったんだよね。当時「うたごえ運動」というのがあったでしょ。そんな感じで、ちょっと若い女の子が詩でも書いてみようか、生活作文のような、生活記録みたいなものを書いてみようという人たちも広く含んだ会だった。今考えてみると、そういうサークル運動も良かったと思うけど、当時の僕の気持ちとしては、もっと専門的というか、もっと深く突っ込んで文学運動をやりたいという気持ちが強かった。谷川雁が批判したからという訳ではなく、そういう思いで「新熊本文学」を割って、別に「炎の眼」という雑誌を作ったんです。

「新熊本文学」を脱会して、僕と一緒に会をやったのが、上村希美雄と藤川治水だった。主要なメンバーは私と上村希美雄と藤川治水の三人。その時も本田啓吉さんを誘ったんだけど、来なかった。本田さんという人は、重厚な人だからね。僕みたいに変わり身が早くない。本田さんからすると、渡辺という奴は、自分が中心になってみんなを寄せ集めておいて、さっさとやめていくなんてと、ちょっと気持ちがついて来れなかったんだろうと思う。それが昭和三二年だった。

もう一度説明し直すと、昭和二九年に「新熊本文学」を月刊化して、昭和三〇年になると「熊本文学」のやつがこっちに流れ込んできた。両方の雑誌を見比べてみるとわかるけど、「新熊本文学」は人がいっぱい集まってきて、新しい書き手が出てきたが、「熊本文学」の方は幼稚なスローガンを並べたようなものばっかりでね。しかも一年に一、二回ぐらいしか出なくて、「熊本文学」の方がこっちに擦り寄ってきたんですよ。だから、合同して「新熊本文学会」というのを作った。それまでは新日本文学会熊本支部の機関誌だったんだけど、「熊本文学」の人たちも吸収して昭和三〇年の春ごろからだったかな、「新熊本文学会」というふうに名前を変えてやっていたんですね。雑誌もガリ版から活版印刷になった。谷川雁から批判があったのもそのころだった。

「新熊本文学」には、熱田猛という書き手がいた。彼は「新熊本文学」に登場した書き手の中ではナンバーワンで、プロの作家になるんじゃないかという小説を最初から書いていた男だった。熱田猛も僕らと一緒に「新熊本文学」を出て、昭和三二年に一緒に出したのが「炎の眼」という雑誌なんです。私と上村希美雄と藤川治水と熱田猛と、ほかに何人かいて、全部で一〇人もいないぐらいの会だったな。

「炎の眼」を創刊する前、実は谷川雁と新しい雑誌を作ろうという話があった。こっちは「新熊本文学」に飽き足らないし、雁は雁で自分の運動を作りたかったんだと思う。何回か会って話し合いをした。

ところが、話し合いをしているうちに、雁がこう言った。「君たちがやろうとしているのはエコール運動だ。俺はエコール運動はやる気はない。俺がやりたいのはサークル運動だ」と言ったんですよ。エコールというのは流派という意味ね。サークル運動といっても、それまでたくさんあった共産党系の文学サークルを超えたものを目指していて、「もっと底辺に、日本の民衆の底辺に下りていくようなサークル誌をつくりたい」と言って彼が作ったのが「サークル村」だった。僕らはそこに参加せずに「炎の眼」を作った。「炎の眼」が昭和三二年にできて、雁が「サークル村」を作ったのはその翌年だった。僕はどういう雑誌なのかと思って見ていたんだけど、そこで初めて森崎和江と石牟礼道子の名前を知ったわけよ。

——そこで石牟礼道子という作家との出会いがあったんですね?

もう一つ、当時県庁に「蒼林」というサークルがあった。これも月刊で活版雑誌を出していたが、その中心にいたのが高濱幸敏だった。幸敏は雁の兄さんの健一さんと同じ年齢なんだよ。親戚じゃないと思うけど、健一さんと親しかった。ところが高濱さんは五高で二回落第して、雁と同学年になっちゃって、親友になった。だから雁は「サークル村」を作る時、「蒼林」グループを拠点にしたわけだ。そのことで僕らも高濱さんたちのグループと折衝ができて、「サークル村」がどういうことをやっているかはだいたい承知していた。「サークル村」で三才女と言われたのが、森崎和江と石牟礼道子と、中村きい子だった。中村は「女と刀」という本を書いて、当時のベストセラーになり、鶴見俊輔らから激賞された。この時、石牟礼さんの作品はそんなに注意して読んでいなかったけど、そんなふうにして石牟礼道子という名前は記憶にはとどまっていた。

僕は昭和三一年に共産党を離党した。その年にハンガリー事件があって、その前にはスターリン批判があって、さらに六全協(日本共産党第六回全国協議会)で主流派と分派が仲直りしたわけだ。ここで主流派が全面的に自己批判して「これまでやってきたことは極左冒険主義であった」と言ったんですよ。いわゆる火焔瓶闘争とか軍事方針を取っていたことを自己批判した。言ってみれば、分派が勝って、指導部に宮本顕治が復帰した。分裂時代は僕は再春荘病院にいて、「新日本文学」の会員だったわけで、気持ちは中野重治たちの分派の方に惹かれていたから、党内で僕は相当苦労したわけよ。「お前らは分派だ、分派の気がある」とか言われてね。でも、自分の中では相当苦しんで、僕は主流派についていった。共産党には県委員会があって、その下に地区委員会というのがあった。再春荘病院の細胞は菊池地区委員会に属していて、菊池地区の党大会が菊池市隈府であった時、僕は病院を抜け出してその会議に出席した。当時、無断外出のことを「脱柵」と言ってね。再春荘病院は傷痍軍人療養所だったから、これは軍隊の言葉なんだよ。僕はしょっちゅう「脱柵」をしていたね。

昭和二五年だったか、井上光晴が「書かれざる一章」という小説を発表した。給料がほとんど出ない党の常任の生活を描いて問題を提起した作品だったんだけど、「これは分派の作品だ」と批判されていた。僕はそれを菊池地区委員会の会議で擁護して、大問題になり、その後、自己批判させられたんだよ。今の人たちには分からんと思うけど、当時の共産党員の心理というのは、共産主義というのは人類の王道であって、つまり人間である以上、かくあらねばならない、人間である以上は共産主義的な人間にならにゃんいかんという感じで、そうならないやつは人類の進歩の道を踏み外していて、存在意義がないわけで、だから自分の存在意義は人類の弁証法的発展というか、そういう共産主義社会を実現していくためには、党が絶対的なんだよ。党の言うことから外れたら、人間の道から外れるようなもので、自分の存在感覚が全部無くなるような気がしていたわけなんだよ。そういうふうに捉われていた。だから主流派に屈服するというか、無理して主流派に付いていったわけなんだけど、六全協で「主流派は間違っとりました」と言うわけ。要するに党が「こういうことを言え、宣伝しろ」と言っていたことが、みんな間違いでしたとなったわけだ。要するにこっちは将棋の駒なんだよ。ちょうどその頃、「灰とダイヤモンド」という映画が入ってきて、マチェクという主人公の気持ちが非常にぴったりきた。ずっと信じてやってきたことが全部間違いだったということになって、党の方針が変わるごとに自分が変わっていかなきゃいけないというような、そういう自分というものに対して「もう嫌だ」という気持ちになったわけよ。そこにハンガリー事件があって、ソ連の戦車が民衆に対して砲口を向けた。だから、僕は昭和三一年に離党したんだよ。

でも、谷川雁はずっと共産党に残っていた。さっき言った「炎の眼」を作る前に、「新熊本文学会」を割って出て新しい雑誌を雁たちと作ろうと話し合いをしていた時も、僕は律義にも「僕はもう党を出たんですけど」と断ったのよ。すると、雁が「それは何の問題でもない」と言ったんだよ。そう言いながら自分は安保の後まで党に残っていたんだよね。だから僕は「このばかが」と思ったんだけどね（笑）。安保になってから彼がようやく共産党に反旗を翻した時、やっと雁と同じ場所に立てたという気になった。それで昭和三六年に僕は雁を熊本に呼んだんだ。つまりその頃ね、「炎の眼」をずっとやっていて、一方で「蒼林」があるでしょ。そのほかにも阿蘇には「阿蘇」という文学サークルがあったし、熊本には全逓の文学グループもあって、そういうものを合同できないかなと思っていたわけ。高濱さんとも話をするようになっていて、特に「炎の眼」と「蒼林」グループが一緒になって谷川雁を呼んで話を聞こうじゃないかということになった。それが昭和三六年の秋だった。

そして雁が熊本にやって来て、講演があった。そこで特に一番問題だったのは「炎の眼」と「蒼林」の合同だった。この二つが主要グループだから。その頃は、本田啓吉さんも「炎の眼」にも入ってくれていた。ところが「炎の眼」の中で「蒼林」との合併に賛成したのは僕だけだった。ほかのみんなは「嫌だ」と反対した。特に上村希美雄が嫌だといった。でも、雁は説得力があるというか、カリスマだったから、後の懇親会で合同しようということになったんだ。そこで雁が付けた名前が「新文化集団」という変てこりんな名前だった。それで「炎の眼」と「蒼林」は解消し、「新文化集団」ができた。「新文化集団」というのは、僕が会報をかなり出したけど、雑誌の方は「地方」という雑誌を一冊出しただけで、出版の方はあまり実らなかったね。

昭和三六年の秋に「新文化集団」ができて、しばらくして昭和三七年に会合をやった時に、石牟礼さんも出てきた。その時はちょっと話をしただけで、その時まだ彼女の作品を読んでいなかったと思う。石牟礼さんも当時、「新文化集団」にかかわりを持っていたけど、彼女の初期のノートの中に「新文化集団へ」という文章があって、まだかなり批判的に書いていたな。それが石牟礼さんに初めて会った時だった。

——その時の石牟礼さんの印象はどうでしたか?

石牟礼道子のイメージはなんでできたかというと、当時、「思想の科学」という雑誌があって、その頃、地方のグループに一号全部の編集を任せるという試みをやっていた。その一つで、熊本の「新文化集団」に一冊任せるということになった。当時、僕は東京にいたから、蓮田善明論という論文を出しただけだった。熊本における明治維新みたいなテーマで一冊の雑誌になったんだけど、それが確か昭和三七年の一一月号だったかな。それに石牟礼さんは「西南役伝説」を載せていた。そこで僕は初めて石牟礼さんの文章を読んで、「これはなかなかだ」と思ったんだと思うね。だから、石牟礼道子がどういう作家なのかと分かったのが、「西南役伝説」だったんだね。

僕は昭和四〇年の春に東京から熊本に帰ってきた。うちの娘が黒髪小学校の一年生で入学するのに間に合ったから三月末ぐらいに帰ってきたんでしょう。食べていかにゃいかんから、僕は半年ぐらい本屋に勤めたことがある。三年坂の、今はTSUTAYAの裏口に近いところに「新聞の家」という、おばちゃんがやっている小さな店があった。上村希美雄がそこを紹介してくれて、半年ぐらい勤めたかな。そこのおばちゃんが僕のことを気に入ってくれて、「私は長く店をやらないから、この店をあなたに譲ってもいいわ」とも言ってくれていた。でも、やかましいおばちゃんで、僕は半年で耐えかねて辞めたんだけどね。そのおばちゃんが言ったことで今でも覚えていることがある。「渡辺さん、あなたは大変愛想がいい。自分でも人に愛想をよくしているつもりでしょ。でもね、壁のようなものを作って人を絶対自分の中に入れない。それは人に分からないと思っているだろうけど、ちゃんと分かるのよ」と言われたんですよ。そう言われて「はあ、そうなのかな」と思った。だからと言って反省してどうってことはなかったけどね。

だけど、辞めたらまた食うのに困ったのよ。とうとう考え付いたのが、「新文化集団」だった。雑誌も何も出していなかったから、「新文化集団」の名義で雑誌を出そうと思った。ただし、僕が編集は全部やって、経営も全部やる。資金も出す。ただし、「新文化集団」の名前は貸してもらう。それで「熊本風土記」という雑誌を出した。それが昭和四〇年の一二月号。その前の二、三カ月で準備をしたんだと思うけど、その間に、いろんな人に推薦をもらった。谷川健一さんも谷川雁も、吉本隆明さんも推薦文を書いてくれた。その時に石牟礼さんに連載を書いてもらおうと思ったわけ。でも、それまで一度会っただけで付き合いはなかったから、雁に頼んだのよ。手紙で紹介してくれたのか、電話で紹介してくれたのか知らんけど、それで僕はバスに乗って水俣まで行ったんだよ。それが僕の熊本―水俣間のバスの乗り始めだった。三太郎峠を越えるバスが通ってまだしばらくしか経っていなかったと思う。昭和四〇年の秋ごろか、夏の終わり頃にでも行ったのかな。行った時の記憶は、だんなさんと高校生の息子さんがいた。それで晩ご飯を食べていきなさいと言われて、食べて帰った。「この人は料理が下手だな」と思った（笑）。なんかシチューみたいなものを出されてね、その中にチーズが入っていて、俺の口に合わなかったんだろうね。あの料理上手なのにさ（笑）。僕は当時、「あの人は才女だから、あんまり料理は上手じゃない」ぐらいに思っちゃったんだろうね（笑）。そして、「熊本風土記」に書いてくれることになった。その翌年だったかな、それともずっと後のことかな。石牟礼さんの家で「梅が咲いていますね」と言ったら、「あなた、あれは桃の木よ。あなたは梅も桃も区別がつかないのね」とバカにされたんですよ（笑）。

そんなふうで、とにかく連載をしてくれるようになった。原稿もずっと郵便でもらっていて、やがて彼女は我が家に泊まるようになった。昔の竜神橋を渡って、五七号線をつっきって、しばらくまっすぐ行った右側に行ったところに我が家はあったんだけど、泊まった時は梨佐なんか抱っこしてさ、子守唄なんか歌ってやりよんなさった。だから、梨佐は石牟礼さんのことを、てっきり親戚のおばちゃんだと思っていたみたいなんだよね。

昭和四〇年末に始めた「熊本風土記」は、翌年の一二月で終わった。終わったのは娘が交通事故に遭って、付きっきりにならんといかんようになったから。もう一つは姉がくれた資金三〇〇万円が底をついた。当時で三〇〇万円くれたんだから、すごいだろ。「熊本風土記」が出ている間はずっと石牟礼さんが熊本に来ていて、出なくなっても、時々来寄んなはったんじゃないかな。その時、二本木を見たいとかいうから、案内したりしてね。東雲楼を見たかったらしいんだよね。

——最初に石牟礼さんに会った時の印象は？

どうかな。最初に会った時も、特に強い印象はなかったね。ああ、この人かと思ったぐらい。要するに抵抗なくすーっと話しができて、付き合うという感じだったな。とにかく石牟礼さんが、僕をありありと便利がってさ、いろいろ頼むんだよ。ははあ、僕は頼みやすいんだなと思ったんだよ。僕も、彼女もまあ感じが良かったから、よかたいという感じでね。でもさ、この人はちょっと「カマトト」ばいと思っとった。というのが、あの人は無邪気ぶり、童女ぶりみたいなのをやるわけよ。そうするとね、後ではさ、石牟礼道子は童女だと言って、東京の大学教授はみんな、それにいかれた。僕は童女ぶりには、いかれないわけだ。ちょっとやめてよという感じがあってね。そういうところはあったけども、石牟礼さんはこういうところも含めて面白いしね。まあ、ちょっとひと肌脱いでやらにゃんというか、ちょっと役に立ってやらにゃんという気にさせる人だったんでしょうね。文章の才能があるし、「苦海浄土」の連載は全部もらっていたし、これは大したもんだと思って、こっちには尊重する思いがあるわけだからね。

——ひと肌脱ぎたいと思わせるのは、どんなところだったんですか?

要するに、俺に良い原稿をくれたからですよ。「苦海浄土」のあれだけの原稿は、めったにあるものじゃない。本にしたら絶対評判になると思ったからね。「熊本風土記」で何が残ったかというと、あれだけだからな。ほかに無いわけじゃないけど、あれはほかのとは断然違う。宝物だから。あんなものは編集者としてなかなかもらえるものじゃない。あんな良い原稿をもらって、しかもタダだから、これはやっぱり、それに応えないといけないなと。まあ、相性が良かったんでしょうね。いっぺんあの人をね、ブリッジという熊本市内のバーに連れて行ったことがあって、そこのママさんはなかなかの人だったけど、「あなたたちはツーカーね。息が合っている！」と言われたもん。

――どのへんが合うんでしょう。

分からん。まあ、一つはあの人の言うことが面白い。谷川雁はね、石牟礼さんに「君は僕を百科事典に間違えているんじゃないの」と言ったことがあるそうだ。私にもそういうのがあったんじゃないのかな。つまり辞書代わり。何でも聞きゃいいという感じね。

――半世紀以上、清書から私生活の世話までされてこられたわけでしょ？

うちの嫁さんがね、「あの人は魅力があるし、色気もあるから、危ないわ」って言ってたんだよ。僕はそう感じなかったけど、女の人から見たらそうだったのかな。ま、ひと言で言ってチャーミングだった。それは誰から見てもそうだったと思う。あの人は可愛くつくろうと思えば、つくれる人なんだよ。小さい時からそうだった。同級生の女友達なんかも引きつけた人なんじゃないかね。歌人時代もずっとそうで、彼女が所属していた「南風」という歌誌に会員のおしゃべりコーナーみたいなのがあって、それに同人の一人が「石牟礼道子は魔女である。彼女に近づいて自殺した人間が二人いる」って書いているんだ。その当時から、そういうふうにね。同級生や先生からも好かれて、女教師からも可愛がられてたんだよね。

――そんな魅力は自然に身に付けられたのでしょうか？

そうでしょうね。友達なんかも引きつけるしね。歌人の志賀狂太さんなんか、完全に惚れていたんだよ。志賀狂太は才能のある歌人だったね。彼女もまんざらではなかったんだよ。

——周りが欲している「石牟礼道子」をつくることができた人だったのでしょうか?

それは分からない。でも、周りが何を欲しているかは案外、自己中心だからあんまり考えなかったと思う。ただ、自分が求められているということは分かっていたと思うけどね。とにかく、彼女はね、水俣病の裁判が始まってからもそうだったけど、要するにいろんな人の家に泊めてもらっているんだよ。泊めた方は非常に献身的で、石牟礼さんに泊まってもらっただけでもうれしいという感じでね。彼女の方はもちろん、自分に対して好意を寄せてくれるからうれしいんだけど、それほど痛切には感じていない。「当たり前だ」とまでは言わないけど、小さい時からいろいろやってもらうことに慣れていたんでしょうね。

——でも、ずっと孤独だったと言われていたでしょ?

それは「ひねごね」さんだから。でも、彼女の方には「ひねごね」になる理由は一切無い。親から可愛がられて、勉強もできるから、同級生からも好かれて、尊敬されるし、教員からも可愛がられていたしね。彼女の不幸感というのは、つまり世の中で迫害されたとか、いじめられたとかでなったんじゃないんだよ。生まれついてのこの世への違和感というかね。この世の欺瞞が嫌いで、とにかくハリネズミのような少女だったわけです。

——まもなく水俣病闘争が始まりますよね。

「熊本風土記」が廃刊になってから、僕は京塚というところに引っ越して塾を始め、それでやっと飯が食えるようになった。嫁さんが言ってたんだよ、「塾っていいね、日銭が入って来るのね」って。月謝っていうのは、決まった日に持ってくるわけじゃなくて、生徒がそれぞれ違った日に持ってくるでしょ、だから毎日金が入ってくるわけだ。だから、あのままずっとやっていたら、生活困らなかったわけだけど、水俣病闘争を始めちゃったからね。昭和四三年になって、彼女が水俣病市民会議を作ったでしょ。その後、僕の所に来て、熊本でも作ってくれと言ってくるようになった。そこの経過は、僕がもうすでに本に書いているからね。僕は最初は嫌で、「僕はやらんけど、人だけは集めましょう」と言った。そして昭和四四年になって裁判が始まった。その前に準備段階があって、その頃から石牟礼さんとの関係が密接になったわけだよ。

――最初は嫌だと言っていたのをやるようになったのはなぜですか?

まあ、やってやらにゃんいかんねという気持ちになったんですよね。どうしてなったかは別にして。やるからには理屈をつけにゃならんからね。そこで理屈を付けたわけだ。宮澤信雄あたりはどうしてかなと思っていたらしいが、そんなこと知ったこっちゃない。勝手にいろいろ思っときゃいい。それはこっちの勝手だ。とにかく、まあ本田啓吉さんなんかは、私がすぐに方向転換するのは知っているからね。要するに、なんか始めておいて、すぐにいち抜けただからね（笑）。

昭和四四年春に水俣病裁判が始まって、判決が四八年だけど、判決直後に石牟礼さんは熊本市に仕事場を作った。当時、僕は島田真祐と二人で坪井で英語塾をやっていた。それはね、戦前に高橋市長というのがいたんだけど、彼の弁護士事務所を借りていたんだよ。その高橋というのは弁護士もやっていて、息子は東大総長にもなった。当時はもう亡くなっていたけど、未亡人がまだ生きていた。昔は古い和風の家に一角だけ西洋風の応接間があったでしょ。彼の弁護士事務所にもそういう応接間があって、それに付属して三畳ぐらいの小さい部屋があったけど、そこを石牟礼さんの部屋にしたんですよ。それまで熊本に出る時は、ずっと旅館を泊まり歩いていたから、大変だったからね。僕のその坪井塾の部屋の一角にちょっと彼女の荷物を置いて、泊まれるようにした。でも、そこにいたのはほんの少しで、やっぱり仕事場を設けた方がいいということで、薬園町に設けたんですよ。その時、豊田伸治がリヤカーで荷物を引っ張っていった。最初は石牟礼さんの荷物はリヤカー一つだったのよ。それが今の資料室いっぱいになった。最後は大所帯になったのよ。

その薬園町の仕事場は尾藤金左衛門の家系の家だった。尾藤金左衛門というのは原城で一番乗りして、「我こそは肥後の尾藤金」と言ったところで、槍で突かれて「ぎゃふ」と叫んだやつだよ。で、「尾藤金ぎゃふ」となった。肥後人はそういう話が大好きなんだよね。その尾藤金左衛門の家系で、美当一調という明治時代の有名な軍談語りがいた。その娘が薬園町の家主だった。もうおばあちゃんだったけどね。戦後初めて女性が選挙権を得たとき、立候補してリヤカーに乗って演説したというおばあちゃんなんだよ。その家を借りるとき、私と石牟礼さんと豊田の三人で行ったら、おばあちゃんが襟元をつくろいながら「この方とお住みになるんですか」と豊田を指差した。「いや、石牟礼さんだけです」と答えたんだけど、豊田も苦笑いしていたよ。そして「デモ隊だけは来ないようにしてください」と言いなはった(笑)。僕は「お宅までデモ隊は来ませんから」と言ったんだよ。そしてその薬園町の茶室の二間を借りて石牟礼さんの仕事場にした。後ではそのおばあちゃんから石牟礼さんは気に入られてさ、おばあちゃんは素晴らしい梅の鉢植えをいっぱい持っていたんだけど、梅見の宴をやる時は出席してくれとか、短冊を書いてくれとか言われて、とても仲が良かったんだよ。今はあの辺りは様変わりして、どこだったか分からなくなったけどね。そこはとても良かったんだけど、しばらくしておばあちゃんから「親戚が帰ってきて使うから出てください」と言われて、出たんですよ。それが初めての仕事場だった。

——それから編集者として半世紀以上も一緒にいたのはすごいですね。

要するに彼女が、水俣病の裁判が始まると、同時に「苦海浄土」も出たから、にわかに売れっ子になった。身辺が大変になったわけだよ、原稿書きから何から。取材には来るしな。熊本に出てくるたびに、旅館を借りるし、見ちゃおられんわけだよ。だから手伝わんといかんようになってね。ということにしてください。

——渡辺さんが石牟礼さんから得たものってありますか?

民衆生活が何かというものを教えてもらった。日本の民衆の精神世界がどういうものかというのを初めて教えてもらった。それは非常に大きかった。それは僕だけじゃないだろう。

——それは渡辺さんが書く物にも影響した？

そりゃあもう。根本的に主題を形成する上で、財産になっている。

——石牟礼さんと会っていなかったら、そうならなかったんですか？

徐々に近づいていったとは思うけどね。神風連なんかを通じてね。滔天とかもね。だけど、石牟礼さんと出会っていなかったら、どうなっていたかは分からない。でも、やっぱり今とは違っていただろうね。そう思う。よく分からん。

——渡辺さんと出会っていなかったら、石牟礼さんも違っていましたか？

そりゃ、ない。全然、ない。僕は彼女の精神的な物の考え方に影響はしていない。ただ、百科事典的には役に立っているけど。あの人はね、僕がしゃべったことを英語から何から全部書いているんだからな。彼女が勉強する時はすごいね。ずっとノートに書くもんね。中国史の概略とかもね。だいたい日本史の概略も分かっとらんけんね。だから話してやるでしょ、するとぱーっとノートに書くもんね。あの人は書くことが一つも苦にならない人だった。書くことが面倒くさいということがなかったと思うよ。

あの人が昭和三六年だったかな、それとも安保の直後だったかな。谷川雁が日本読書新聞にある文章を書いているんだよね。党を離脱してからね。それを彼女はノートの一ページにぴしっと清書している。当時、コピー機がなかったのもあるけどね。でも、切り抜きゃいいじゃないか。小さい字で万年筆で、きれいな字で、原稿用紙にしてみれば六、七枚あったと思うけど、それを一ページに全部写しているんだよ。なんちゅうことをやる人かね。こういうことが苦にならない人だったから、字を書くというのが苦にならない人だったから、あれだけ膨大なノートを残しているんだね。

――石牟礼さんのそばで見ていて、石牟礼さんにとって書くということは？

日常行為というかね、特別な行為ではなくてね。

――渡辺さんにとってはどうですか？

僕？　惰性！　若き日からの惰性。作文上手だったもん。

――渡辺さんも苦にならないんですか？

苦にはならんが、学習したことを書いていくことは若い頃はやっていたけど、今はやらないね。そのへん彼女は違う。彼女は人の話の聞き書きをずっと書いているんだよ。会議録なんかもね。あの辺がすごいと思う。僕はやらないね。そういうところで言うと、僕は多少書くことはしんどいんだろうね。

――書くことが惰性ってどういうことですか？

習慣になっとるとたい。習慣。ただな、習慣ったって、歯は磨きたくて磨いているわけじゃないもんな。

――書くことを欲してはいるんですよね？

ちょっと待ってね。うーん、日記を書くときに面倒くさいからあんまり書かないもんね。書いておかないと忘れるから、しょうがないから書くんだね。でも、詳しくは書かないもんな。だから、そんなに好きじゃないのかな。石牟礼さんの場合、日常的に詳しく書ける人なのね。山田風太郎がそうなんだよね。あの人の日記をみるとね、満員電車に乗ったときのことなんか詳しく短編小説みたいに書くんだよね。僕だったら、電車に乗って足を踏まれたとかしか書かない。でも、彼は三ページも四ページも書く。おのずから描写したい人だろうね。石牟礼さんもそうだったんじゃないかな。僕はそれがないんだよね。描写するのは面倒くさいんだよ。

さっき僕が書くのは「惰性」「習慣」と言ったけど、やっぱり僕が書くのは、一つの論文として、一つのエッセーとして、一つの歴史叙述として、作品を書きたいということだから、日常的な行為とは別かな。それは何か作りたいということだからな。だから書くのは一応しんどいのはしんどいんだけど、ものを作りたいということだからな。できれば何もせずに楽ということもあるわけだし。ただ、ものを作りたいというのは、作品を残したいということじゃないんだな。作品を作ればそれでいいという感じだな。でも、僕の作品なんかどうせ残らないもん。あと何十年かしたら消えるさ。

ただ、日記は書いておかないと不安なんだよ。忘れてしまうと消えてしまうから。自分が生きていて、あのころはどうだったというのを忘れるのが不安なんだよ。それで書いているんだと思うけどね。日記に詳しく書いているのは、運動や活動をやっていて、その中で腹が立ったことなんかは詳しく書いている。あの野郎は駄目だとかね（笑）。

――忘れるのが恐いというのはどういうことですか？

ま、未練というか。やっぱりあのころどこで何していたのかというのがだんだん年取ると薄れてくるからね。書いておけば、読みなおすと浮かんでくる。どういうことかというと、自分の一生というのを、ずっとやってきたことを、忘れてしまうのが恐い。だから書いているんだと思うね。どうせ人に読まれるようなものじゃないからね。永井荷風はさ、明らかに読まれることを意識して書いている。僕のはそういうのじゃないからね。だから、わいせつなことも書いているからね。恋人の体の描写もしているから（笑）。牛はさ、いっぺん胃の中に入れたやつをさ、また吐き出して、反芻するだろ。そんなもんかな。

――石牟礼さんも読まれることを意識して日記を書いていたんですか？

それは意識していないと思う。描写本能があるんだと思う。後々に作品にするとかじゃなく、描写本能だと思う。持って生まれた素質だろうね。山田風太郎の日記が短編小説みたいに細かく書き込むからね、やっぱり描写したい、描写の快楽みたいなのがあるんでしょうね。僕は描写が面倒くさいから、苦手なんだよね。

――石牟礼さんが亡くなってから、渡辺さんの中で変わったのは？

体力ががくっと落ちた。急に老化した。書きたいものに変化はないけどね。それはないんだけど、何かしんどいもんだからね。しんどいのはね、何かはかなくなっちゃった。すべてのことがね。石牟礼さんが亡くなっても亡くならんでも、事態は一つも変わらないんだけどね。非常に何でもはかないんだということを、何を見ても強く感じるようになった。どんなふうに言ったらいいんだろうね。例えば街中でお店なんかが建っているでしょ。その建物なんかを見ていると、この店が建っているのはあと何十年かのことで、そのうち無くなってしまうんだと思うようになった。なんかね、苦痛になってくるんだよ。そして全部移り変わって、全部無くなってしまうんだと思ってしまう。そういうことが何を見ても感じられて、無常観というかね。なんか苦痛なんだよね、ものすごく。狭いところに密閉空間に押し込まれたような気がする。だから、なんか楽しみというか、楽しいというのがね、ないね。その代わりにね、どう言ったらいいかな。やっぱりこの世の美しさみたいなものがものすごく感じられる。いま考えて見ると、彼女は僕の献身の対象だったんだなぁ。

――『預言の哀しみ』(弦書房)のあとがきに、「故人とともにあった歳月は遠く飛び失せて、私は見知らぬ生の入口に、はいりかたもわからず佇んでいる」とありますよね。

簡単に言うと、生活のリズムが変わっちゃったということさ。もう、石牟礼さんのところに行かなくていいんだもん。行かなくていいんだけど、おかしいんだな調子が。心配せにゃいかんだったやつがおらんようになったからね。心配せんでよかっだけん、楽になりそうなもんなのにさ。きついというか、穴が開いたような気持ちなのかな。まあ、石牟礼さんが僕を必要としとったからな。必要というのはあんまり高級なことではなくて、日常的に役に立っているというレベルに過ぎないかもしれないが、そういうレベルであろうとね。まあ、あの人が精神的に私をどれだけ必要としていたか、それは分からんけど。日常的に私がおった方が良かったことは間違いないもんな。

——同志と言われていたのは、そういう面からですか？

同志というのはまた違って、彼女は僕とは考え方が全然違うところがあってね。彼女が表面的に言っていたことは、戦後の反戦平和のさ、戦後イデオロギーとまったく一致するようなレベルのことを言っているわけで、そういうところじゃ違うんだけどね。要するに彼女の、世界の根源的な生成力というか、世界を生み出して成り立たせていく根源的なものに近づきたいという点においてかな。そういう思考を持った文学者が僕には合うんだと思うんだよね。人の世というものをそういう点から見て、この世に少しでも根源的な生命に通うような色合いをもたらしていきたいという点では同志だったんだよな。言ってみれば、あの人は根本的に日本のインテリ左翼に対する批判者だったから、そういう点では日本のインテリ左翼に対して僕自身が清算していきたい方向とが一致していた。簡単に言うと、「反代々木（非日本共産党系）」というのが一致していたからな。最も簡単な一致点を言うと、反代々木ということで、共産党の言うことは信用しないということだな。今の共産党は市民主義だけど、共産党が今まで何をやってきたかというのを全部ネグってきているわけだ。石牟礼さんはそこんとこではちゃんと清算しようとしていた。一時期自分が党に入っていたこともあるしね。まあ、吉本隆明さんが面白かったのは、石牟礼さんを評価していたんだよ。吉本さんがいつだったか、一九八〇年前後ぐらいだったかな。天草にいらっしゃった時に、僕と石牟礼さんと吉本さんと三人で飯を食ったんだよね。いや吉田公彦さんもいたな。そん時、ちょうど文学者の反核運動というのがあって、吉本さんはそういうのに対して『「反核」異論』というのを書いて、反核集会をやっている文学者たちと論争しよったんだよ。石牟礼さんはその文学者の反核集会に行っているわけだよ。俺が冷やかして「この人、反核集会に行ったんですよ」と言ったら、吉本さんは「石牟礼さんは行っていいんです」と言われて、それはすごいと思った。吉本さんは、彼女が文学者だということを分かっていたんだね。彼女は反核集会に文学者として行ったわけで、イデオロギーじゃないってことを分かっていたんだよね。公彦さんが出していた「エディター」という雑誌に、吉本さんと石牟礼さんは「歳時記」というタイトルで同時に連載をしていて、吉本さんはそれで石牟礼さんの文章は読んでいたんでしょうね。やっぱり文章の感度というか、本物と偽物の判断はすごいからね。だからずっと石牟礼さんに対しては好意的だったね。

――いま、ご自分の人生を振り返ってどう思いますか?

石牟礼さんのことを手伝ってきたけど、それが自分の人生の全部だとは思っていないんだよね。あの人を手伝ったのは、思想的テーマの一環としてだった。しかし、石牟礼さんが文学者じゃなかったとしても、俺は面倒を見たと思うな。

――面倒を見たのは、すごい作品をくれるというだけではなかったんですね。

まあ、それもあるけどね。だから、とにかくあの人は面倒見てやらんといかんというふうに思わせるのが上手な人だったんだよ。作為的にやってということじゃないよ。自然になんだけどね。だから、あの人の周りには、この人には何かしてあげなきゃいけないと思っていた人がいっぱいいいたんだよ。僕だけじゃないんだよ。わんさかいたんだよ。そんなふうに思わせる人だったんだよね。得な人というかね。だけど、それが彼女の悪い癖になるとね、「私はこんなに苦しんでいる、私はこんなに孤独だ」みたいなことをね、酔っぱらって言うことがあってね。そう言うと、男連中が真に受けて「そんなにおつらいんですか」とか言うわけですよ。名のある男たちが。僕は「阿呆が、引っ掛かって」と思って見てましたけどね。僕は「文学者たるものが、そんなこと言うもんじゃない！」って思うわけね。まあ、そういうことはあったけど、やっぱりあの人は「何かしてあげたいな」と思わせる天賦のものを持っていたんでしょうね。まあ、チャーミングだったんだね。「カワイソウニ」という感情を含めてね。ノアノアという東京の文壇バーのママさんも「道子さんはセクシーだわ！」って言ってたもん。あの人は自分をかばいたい人で、人に憎まれたり、悪く思われたりするのが嫌な人だったんだよね。だから、人の悪意というものにあんまり耐えられる人ではなかった。非常に敏感でね。みんなから愛されたかったんだな。僕はそうじゃなかった。人に憎まれても平気。どうぞって感じだ。

――じゃあ、渡辺さんはどういう人間なんですか？

僕ですか、自分のことは分からんよ。僕は何でも無い人間。本から生まれた本太郎。それだけ。本は吉本さんより読んできたと思う、悪いけどね（笑）。広く読んだという点ではね。もちろん吉本さんの方がずっと偉い人だけどね。僕は小学校上がる前から本を読んでいたんだ。うちには本はなかったけど、僕の母がやっぱりちょっと文化的上昇志向みたいなのがあってね、文壇消息、ゴシップに詳しかった。だからある程度若い頃に自分で読んだ人なんだと思うけど、でも、うちには全然本がなかったんだよ。だから結局、僕の最初の記憶はちょうど熊本の上林町に居た頃ね、学校に上がる前に、僕の家の前に大きな家があって、小学校五、六年か中学一、二年の兄弟がいて、お兄ちゃんたちが「少年倶楽部」を取っていた。それぐらいから読み始めたんだ。でも、どうやって字を覚えたのか思い出せない。

僕の母はそんなに教育ママじゃなかったから、僕に字を特別教えるなんてことはなかったと思うんだよね。どういう過程を経てか分からないけど、昔の本はカタカナ、ひらがなを覚えたら全部読めたもんね。漢字にはルビが振ってあったからね。どういう過程を通じて読めるようになったのか、思い出せなくて、非常に不思議なんだよね。姉から教わったという記憶もない。姉たちも読んではいたが、僕の方が全然読書家だったし、小学校に上がる前から読んでいた。昭和一一年に、大連にいたおやじが初めて四、五年ぶりに熊本に残した家族を訪ねてきた。その時に、新聞に「クーデター勃発」という見出しが載っていて、俺は「クーデター発動」と読んだ。「勃」の字が読めなくてね。でも、「発動」という言葉を知っていたんだよね。小学校に上がる前だよ。それが昭和一一年の「二・二六事件」よ。僕は昭和一二年に小学校に入ったからね。おやじは「こいつは神童だ」と思って、たまがったわけよ。だから、なんで読めるようになったか分からない。たぶん「少年倶楽部」の冒険小説とか、そういうものの面白さに最初から捕まっていたからね。

そうね、物語というのは必ず「アナザワールド」になるんですよね。だから、僕っていう人間は、アナザワールドに対する憧れのようなものを軸にしていろんなことをやってきた人間というだけのことでね。そういった意味では、C・S・ルイスという、中世文学の権威で「ナルニア国物語」の作者がいるんだけど、最近、僕はルイスなんかに似ているなと思うんだよね。だから、僕は夢みて生きてきたんでしょ、一生夢みてきて、そして夢から覚めないんですよ。

そして、ずっと女性が好きだった。というのはおふくろと、姉が二人がいて、この四人の生活は本当に天国だった。ここに、おやじは入って来ない。おやじが入ってくると全然だめ。この四人の世界は嫌なことが一つもなくて、楽しいばかりでね。おふくろは料理は上手だったしな。それが原点になっているからな。だから僕は女性に養われた男だからな。おふくろは僕を猫かわいがりして、着せ替え人形みたいにしていた。でも、厳しいのは厳しかった。ぴしーっと頭を叩いてね。昔の母親って言うのはえらいね。決して甘やかすだけではなかった。ものすごく可愛がってくれて、僕のことが自慢で自慢で。これはちょっと恥ずかしかったけど。そして、一番上の姉が安寿姫みたいだったの。自分を犠牲にしても僕のためにね、だからずーっと恨みが残ってね、「あれだけ私は京二に尽くしたのに、京二は私のことは何とも思っていない」

と、最後まで恨みが残ったわけよ。姉もね、第二の母親みたいなもんでね。僕が療養所に居た頃は、給料をはたいて月に何度も来てくれていた。栄養になるものを買ってきて、尽くしてくれた。療養所から出て原稿を書くと、それを清書もしてくれていた。で、私のことが自慢なんだよね。僕は女性に養われたんだよ。だからこんなノーテンキな人間ができた。

——でも、人生の後半は真逆になりましたね。

だから、女の人をあだおろそかに思っていないわけだ。C・S・ルイスという人は面白いんだよ。オックスフォードに行っている頃に、第一次大戦に動員されて、当時、親友がいたんだ。親友と話して、「どちらかが戦死するかもしれない、生き残った方が死んだやつの親の面倒をみよう」と約束して、その親友が死んだんだよ。ルイスは自分の母親が早く死んでいたから、その親友の母親の面倒をずーっと見たんだ。同棲してね。その母親が大変な女でね。ルイスには三つ上のお兄ちゃんがいて、この兄はルイスと違って軍人になって、ちょっと遊び人風でね、家庭も持たずに身のおさまらない人だったけどね。しょっちゅう弟のところに帰ってくる。すると、弟が年上の女と暮らしていて、その女がルイスをこき使うこと、こき使うこと。兄が「なんであんな女の言うなりに、小間使いみたいに働かなきゃいけないんだ」と怒る。ルイスはそれだけその女性が死ぬまで尽くした。それでね、男女関係があったという説と、ないという説がある。自分はベッドに寝ていて、ああせい、こうせいという女だったんだけど、そんな女性に尽くしたんだからね。歳は母親くらいの女なんだ。

――「預言の哀しみ」のあとがきに、石牟礼さんの仕事をいささかなりとも支えられて幸せだったと書かれている。幸せでしたか？

その点ではそうだけれど、一生を通して幸せだったとは思わない。充実はしていないね。むしろ悪戦苦闘だったし、思うところの半分もやれなかった。闘いの一生だったとは言える。充実してはいない。充実というのはさ、やっぱりこの世と調和してね、安らかな思いになることが充実なんだろ。そんなふうには思わないね。でも、一生繰り返してみて、別な人生を歩むかと言われたら、やっぱり同じような人生になるだろうね。結局、僕は思想運動や文化運動みたいなことをずっとやる定めだったように思う。

僕は小学校低学年のころから大人の本を読んでいた。ムッソリーニとか、ヒトラー、ビスマルクなどの大人向けの伝記を持っていて、小学校の低学年から読んでいた。三国志なんかもね。ヒトラーやムッソリーニをどう思っていたかというと、革命家だと思っていたね。例えばヒトラーの伝記には一九二三年のミュンヘン一揆の話から出てきたもんな。ミュンヘン一揆で捕まって、獄中に入って「我が闘争」を書くわけだろ。その辺を書いてあるから、僕は革命運動家だと思っていたね。小学校四、五年の頃ですけどね。ムッソリーニなんかもそうさ。ムッソリーニはもともと社会主義者だから、幼いころにこれを読んで惹かれたということがあるわけだからさ。しかし僕は、政治運動というより、一種の思想運動というか、芸術運動というか、やっぱりそういうものを繰り返す人生だったんだろうな。

女性に関しては良い女性に出会ってきたと思う。みんな懐かしいし、僕のことを好いてくれたもんね。女性関係については満足していて、言い分はない。でも、やっぱり僕は男性との関係が難しいんだな。水俣病を告発する会は男性同士の同性愛的な集団だったような気がする。女性が入り込めないようなね。一緒に死ぬぞという、例えば塹壕戦をともに戦った戦友愛みたいなね。告発する会はそういう男同士の戦友愛みたいなものが強かったと思う。一時そういうものを経験したけど、男との関係は難しいね。女との関係は愛すればいい。そうすれば応えてくれる。失恋する場合もあるけど。どうして女に対する時のように素直になれないのかなと思う。女性には素直になれるが、男性に対してはそれを阻むようなものがあるから、お互いにね。だから難しい。

僕はずっと小さいころから、友情や隣人愛というか、魂のつながりみたいなものを欲しがっていたんだね。思想的には同志ということになるんだけど。うまくいかなかったけど、自分の仲間を作ってきて、今お互いに気持ちや生き方が通じ合うような仲間がいないわけではない。それを作って、広げたいと思ってきた。今までいろんな形でやってきたけど、「告発」以来の「暗河」があるし、「道標」があるし、「アルテリ」を中心とした新しい友達もあるし、伊藤比呂美ちゃんとか坂口恭平さんとかもいるし、「アンブロシア」のグループもあるし、熊本文学隊もある。一緒に考えて行こうじゃないかという緩やかな一つの結合がだんだん形をなしてきているなと思うし、形をなしてほしいなと思っている。なぜ、こんないらん世話をするのかな。いらん世話が僕の一生なのかな。こうしたグループが結びついてくれないかという世話焼きをしたいんだよ。それぞれの仲間やグループがあるけど、閉じこもっているとはいわないけど、もっと僕はそれらをまとめてつなげたい。こんな世話焼きをするのは、僕だけなんだよね。こんな運動なんて見極めてしまったんだということもあるのかもしれないが、僕には見果てぬ夢みたいなものがあって、一生抜けないんだよね。一生やっていっているってことは、充実感があるというより、何か欠損していて完全な円をなしていないからなんだと思う。何か飢えているということがあるから、充実していないんだ。欠損というのはある意味、救われない一生かもしれないね。

そうか。僕の一生はファンタジーで生きてきたんだな。ファンタジーや民話も神話もそうだが、何か課題、宿題が与えられて、その探求の旅に出て、冒険を味わうのが一つの柱。僕の一生は大して波乱もないんだけども、お前の課題は何だったのか、お前が求める聖杯とは何だったのか、それはどこにあるのかと考えていくが、それが果たされていないのが旅だったんだよな。旅の途中でいろんな人に出会ったんだけど、自分が出会った人たちに対して取るべき態度が取れていたかどうかを考えると、失敗の一生だったかなと思う。石牟礼さんに対しても、もっとこうすべきだったというのがあるんだけど、一生懸命やってきた、どうしようもなかったという部分もある。他者に対して、自分が十分やれたのかというと、根本的には自分が可愛いというのがあるからな。でも、人が可愛いんだよな。人が可愛い時は、自分を犠牲にしてもいいんですよね。一生やって、同じことを繰り返してきたんだなと思うようになった。

この世に自分がなくなるということは、きついことがなくなるわけだから、こんなふうに身体がきつくなれば、この世におさらばしても未練は無いという気にはなるが、それでもこの世が別れがたいのは、この世が美しいからなんですよ。男でも好きな人たちはいるわけだけど、僕が好きになれる人間達がたくさんいて、やっぱりそういう人たちと会いたいし、話をしたい。女にも、男にもそんな人はたくさんいるわけで。この世の空だって風だって山だって樹木だって生き物だって、そう。

今の家に暮らして一八年になるけど、書斎の窓に小鳥がくるんですよ。よくこんなに可愛いものができたねと思う。そして書斎の右には、モチノキがあって、その木には赤い実がなっているんだよね。今年はじめてそれに気が付いたんだ。今年初めて見えた。そしてその赤い実がとても存在感があって、存在していることが喜びになっている。だから死にたくないんですよ。困ったな。でもいつかは終わりがくるからな。あと何年もつかな。石牟礼さんの年まではあと二年ちょっとかな。それぐらいは生きていると思うけど。僕は死ぬ時に「十分でした、ありがとうございました」と言って死にたいけど、そうやって死ねないかな。でもさ、「死にたくない」と未練たっぷりに死んだっていいと思うよ。


（『アルテリ』七号（二〇一九年二月）掲載）

渡辺京二　二万字インタビュー②

アルテリ編集室（以下——）渡辺さんの「顔」というタイトルの小説を今回、アルテリ八号の別冊で出しています。読ませてもらいましたが、すごく面白かったですよ。

久しぶりに読み返したけど、もう全部忘れてた。面白いといえば面白かったけど、無理して作り立ててるよね。「顔」に関する話だったなぐらいは覚えてたけどな。本当に全部忘れてた。だから、人が書いたのを読んだみたい。

——でも、面白かったですよ。

ありがとう。でも、無理して考えついてるなぁって思ったな。

——これを書かれた時っておいくつの時になりますか?

一九五八年に結婚してからだから、二八、二九歳ぐらいだな。当時はカフカにいかれとったからねぇ。

――これはカフカの「城」を思い出しますよね。

だからカフカの真似しとるわけたい。それもねぇ、カフカに「アメリカ」っていう作品があるのよ。今の「全集」では、「失踪者」っていうタイトルに変わっているんだけどね。僕らが読んだ頃はタイトルが「アメリカ」だったんだよ。それがへんてこりんな小説だったんだよ。どちらかというと、「城」より「アメリカ」に近いかな。「城」はさ、要するにお城に近づこう近づこうとして近づけない話だろう。でも、「顔」はいろいろ場所が転々としてる。「アメリカ」って言うのも場所がいろいろと移っているからね。

――アメリカを熊本に置き換えたみたいな感じですか。

そうねぇ、ま、自分で読んでみて、「へぇー、よく作り出してるね」という感じでね。全部やっぱり作り物なんですよね。つまり頭で作った小説で、ハートから出てきてる小説じゃないんだよ。文体は埴谷さんばりだもんな。

――埴谷雄高さんですか？　影響を受けていたってことですか？

まあ埴谷は若い頃からよく読んどるたい、僕の世代はみんな。僕は「近代文学」に連載されよった頃から埴谷の「死霊」は読んでたもん。「死霊」はみんな影響受けたんだよ。

――頭で考えた小説と言われるけど、主人公のAはやっぱり自己を投影してますよね？

いや。唯一感心なのはさ、主人公をかっこいい人物にしてないことなんだよ（笑）。みっともない人物にしてるだろ。そこだけは考えてたんだなぁ。要するに、一つのテーマは自分の中にあったわけで。僕らの世代は大体小林秀雄で育ってるから、要するに自我探求だろ。ま、小林秀雄だけじゃないけれども、要するに、自我、自我、自我ということだろ。ま、そう言う風な「自我に対するとらわれ」と言うのは、行き詰まってしまうわけですからね。だから、この小説は、自分が何であるかよりも、自分が何をするかが問題だって、それを言いたかったのよ。自分が何者であるかとかね、自分の顔が本当はどんな顔であるかなんてね、そう言う事はつまらない事で、何をするかが問題だって。そう言うテーマはあったんだな。それで書いたんだな。でも、よくこれ、作り話を色々考えているなぁ（笑）。

——小説としては渡辺さんの中で「顔」は何作目ですか。

三作目。僕は結核で再春荘の療養所にいたでしょ。その再春荘で「わだち」というサークル誌を月刊で出しよったのよ。三〇ページか四〇ページぐらいあるやつをね。全部自分たちでガリ版切って印刷して、製本してね。毎月出してたのよ。裁断機が患者自治会にあったんじゃないかな。裁断機があればあとは糊付けは自分達ですればいいんだから。だけどよう作っとったなぁ。それに書いたんだよね、短編をね。それはね、共産党活動をする自分が菊池の隈府か、山鹿かの会合に出かけて行った話を書いたんだな。「若い眼」というタイトルだった。

——それが何年ぐらいですか。

昭和二八年一一月に退院したからな。まてよ。手術したのが二七年の夏だったから、二八年の早いうちに書いたんじゃないかな。だけど、書いたのは自分のことだからね。どういうふうなストーリーだったのかな。忘れちゃった。コピーは持ってるんだけどな。会議に出たという、そこだけしか覚えてないんだ。あとは全部忘れた。私小説だね、やっぱりね。

――二作目は覚えてますか?

再春荘を出てきてから「新熊本文学」を出したでしょ、それに昭和三〇年の一月か二月ごろに書いたと思う。遅くとも春までね。これも月刊で出しよったからね。これもコピーは持ってるんだ。タイトルは「揺れる髪」っていうんだ。これは要するに、当時共産党というのは、朝鮮戦争が始まってからパージされたわけだよな。で、中央委員会が解散させられて、地下に潜ったわけだよね。なんというか、半非合法みたいな活動だったからね。地区委員会から細胞に連絡するのに、レポを使うんだな。つまり、文書を持って来る高校生の女の子がいた。それと恋仲になったという話。僕じゃないよ。僕の友達なんだけど、こやつは女に手を出すのが早くてなぁ。それをモデルにして書いたの。レポに来る女子高校生と療養所にいる共産党員との間の淡い恋みたいなものをね。

――なんでそれを書こうと思われたんですか。

忘れたあ。書こごたったっだろたい。でも、二つ書いて、もうダメじゃ俺は、小説は書けないと思った。二作目は割と褒められたんだけどな。「詩と真実」の同人でね、当時教育委員会にいたんだったか、有名な女の人がいたのよ。その人が手紙よこして褒めてくれた。だけど国会図書館に勤めている知り合いがいて、僕よりずっと年上の人だけど、ちょっと縁があって手紙のやり取りしよってね。その人から「私はこういう小説は、もうダメです。私は女を信じておりません。あなたの小説には女性に対する幻想や憧れがあって、私はそういうのは、とても読めません」って、言われたのよ。それでペチャンコになっちゃった。

——幻想って、渡辺さん、女性の幻想は原点に誰かいるんですか。

堀辰雄の「風立ちぬ」たい（笑）。僕はどうもね、自分の恋人の親友に惚れる癖が前からあってね。自分が好きな女が一番親友にしてる女に惚れるんだよ。なんでだろう、分からん。どうもその傾向があった。両方好きなんだ。僕は次の女が好きになったから、前の女に飽きるってことはないんだ。だから必ず並行するわけよ。

——それは大変ですね（笑）

今考えてみたらね、大連から引き揚げてきてね、ドイツの劇作家のゲアハルト・ハウプトマンの小説を読んだのよ。引き揚げ後はもう本が買えなかったから、県立図書館に行ってて、その中にハウプトマンのね、なんという小説だったかな。これが二人の女を同時にね、愛する小説でさ。なんか痛切な感じで読んだ記憶があるんだけどね。ややこしいことしようとしてるわけじゃないんだけどね。僕はね、いっぺん愛したら、嫌にならないんですよ。ずーっと好きなの。その間にやっぱり好きな人ができるでしょ。すると二人になっちゃうわけですよ。

——じゃ三人になったりもする？

まあね。世の中、女性とすぐに別れる男がいるでしょう。あれが僕には不思議。よくもあんなに上手に別れられるなと思う。しかし僕みたいなのが、結局はいけないのかもしれない。女性からするとタチが悪い。あの人が好きになっちゃったんだけど、君のことも変わらず好きなんだなんて、怪しからんし、結局は欲張りだし、甘ったれているだけなんだろう。女性からすると迷惑だ。さっさとけりをつけてくれた方がいい。

しかし、弁解すると、そうやたらに好きになる訳じゃない。世の中、女性は沢山いるのに、恋情を覚える女性って、ほんの少ししかいない。そういう人と出会うのはやはり運命なんだ。

——運命的な女性は今まで何人いらっしゃったんですか。

運命的って言うのとは違うけど、まあ最初に付き合ったのは、再春荘の看護婦をしていたMだった。人間的には好きだったし、セクシーな子だった。オシャレさんで、ダンスは上手だし。僕が手術して身動きができなくなった時に、夜ずっと見舞いに来よんなはったもんだから、手が出たね（笑）。とてもいい子でね、僕は好きだった。でもね、無教養な人じゃなかったけれど、どう言ったらいいかな、非常に活発な、頭もいい子だったけど、いわゆる文学少女みたいのじゃないわけだ。今から考えてみると馬鹿なことにね、やっぱり僕は文学少女みたいのであって欲しかった。つまり「狭き門」のアリサみたいのが良かったのよ（笑）。だから、その子はとても相性が良かったたし、好きだったんだけど、なんかロマンチックになれないのね。ただね、お袋のお気に入りでね。手術したとき母が付添いに来てくれていたの。きっぷが良くてさ、Mが「おばさん、おばさん」ってうちの母の懐に飛び込んでくるのよ、だからお袋が気に入ってね。「あなたは病人だから看護婦と結婚するといい。あの子と結婚しなさい」って言いよったんだけど、僕は「うーん」ってなってしまってね。そして、Mが連れてきた友達を好きになっちゃって。その子はFと言って、彼女の一番の親友だったんだけど、カトリックだった。この子も再春荘を辞めて神戸のカトリックの病院に勤めたんだけど、文通をしててね。一応、Mとは切れて、Fと婚約したのよ、手紙の上だけど。そしたら、Fは気がおかしくなっちゃって精神病院に入っちゃったの。僕は共産党員だったし、彼女はカトリックだから、そういうことで苦しんだかなぁと思ったけど、なんで病気になったのか分からない。一つは僕のことがプレッシャーになったのかもしれんけど。僕は二回ほどFを見舞いに行った。今の神水病院だよ。当時は神水保養院と言っていた。むろん療養所を脱け出して行った訳だ。しばらくしたらFは回復したんだけど、その時にはもう僕との関係を全部忘れてた。僕は婚約もしていたし、責任取らなんと思ってさ、「僕は一つも気持ちは変わっておりませんよ」と書いてやったら、「病気する直前のことは全部忘れました」と返事がきたんだよ。

僕が再春荘出てから、Fはずっとうちに来よったのよ。で、僕はどういう気持ちで来るのかなぁって思って気持ちを聞きたかったんだけど、僕との関係がプレッシャーになって病気になったわけだから、またおかしくなるといかんねと思って聞けなかったんだよ。

——「僕との関係がプレッシャー」っていうのはどういうことですか。

だって、それで病気になったとしか思えないじゃないの。僕としてはFが時々うちに来よった頃、一緒にご飯食べたり、何か買ってやったりしよったんだけど、「僕との関係は全部忘れた」って言われたからね。そして、僕が敦子と結婚したでしょ。それからずっと後のことだけど、東京から熊本帰ってきて「アロー」っていう喫茶店によく行ってたんだけど、再春荘時代の知り合いも来よんなはってね。「あなたはFちゃんを泣かせたもんな」って言われたんだよ。僕は大変心外で「そんなことはないですよ」って言ったら、「いや、Fちゃんはあんたが結婚した時、泣いて大変だった」って言うのよ。それならそうと言えばいいのにさ。僕がいっぺん「僕の気持ちは一つも変わっておりません」って言った時、「私はそういう事は全部忘れました」って返事が来たからねぇ。こっちが失恋したわけだから。

――でも会いにきてたわけでしょ。

ずっと来よったから、どうして来るのかなと聞こうかと思ったけど、でも聞いたらまた病気が起きるかもしれんからと思ってさ。

――それは女心ですよ。

実はね、Fとは一九八九年に再会したのよ。僕がふと昔のことを思い出して彼女を訪ねて行ったんだよ。二六年ぶりに会ったのかな。こっちはもう六〇近いし、あの子は二つ下だけど、完全におばちゃんになっとんなはったけどね。やっぱり会ってみたら人柄は良かったもんね。やっぱりこの人は好きだなあと言う感じだったもんね。

それから何度か会って昔話をしたんだけど、Fは踊りのお師匠さんと結婚して大変幸せな結婚生活を送ってきたんだよ。良かったと思ったね。それで、その時、思い切って「あの時、どう思っていたのか」ってのも聞いたけどね、なんさまね、僕が昔、筆立てを買ってやったんだって。その筆立てにはネズミか何かが付いててね。僕は「そんなのでいいの」って聞いたらしいんだね。あんまり幼稚だと思ったんだろうね。それをずっと大事に大事にしとったっちゅうんだ。だけど、結婚した時に結婚相手に悪いと思って処分したって言うんだよ（笑）。そんなこと書くなよ、書いたってしょうがないから（笑）。

――小説になりそうな話ですね。

Ｆはご主人を亡くした後、創価学会になっとった。かつてのカトリックがね。創価学会っていうのはやっぱり、連れ合いを亡くした人とかに強いんだね（笑）。僕のカミさんの母親が五〇代でご主人、つまり敦子の父親だけど、亡くしてね。もうほとんど狂乱状態だったけど、創価学会に入って救われたんだよ。だから創価学会ってやっぱすごいなあって思うのね。で、Ｆは面白い人でね、いっぺん、真宗寺に連れて行ったら、「浄土真宗のお寺に行ったらバチが当たる」って言うんだよ（笑）。無邪気な人だった。

――そのＦさんって人は今もお元気なんですか?

いや、もうずっと会ってない。娘さんの結婚式にも呼ばれたんだけどね。それが最後。ずっと会っててもしょうがないから。「奥さんに悪い」ってばかり言うのよ。「悪い」ことは何もしていないのに。半年ぐらい会ったかな。センチメンタル・ジャーニーよ（笑）。二人の大きくなった子供の母親だったんだ。短歌も作ってて、なかなか良い短歌を作っていた。

——やっぱりそういところに惹かれるんでしょうね。

いや、やっぱりFはカトリックでさ、どう言うのかな、少女の頃はこの世の者でないようなところがあったんでしょうね。

——やっぱりそう言うものに渡辺さんは惹かれる?

そう言うのが良いんだ、だいたい。この世ならぬものが(笑)。だけど、彼女から後で聞いたんだけど、「あの頃は子供だったのよ」って。そりゃそうだろうな。一八歳ぐらいだったからな。「僕が共産党で、君がカトリックだったたから悩んだんじゃないの」と聞いたら、「そうじゃない、共産党がなんだか全然わかっていなかった」って言うんだよ(笑)。でも、なんで発狂したのかねぇ。

——いや、そこに恋心があったと思いますよ。三浦小太郎さんの本に「渡辺さんの中にはずっとあの時の二人のことがある」(『渡辺京二』言視舎)って書かれてますよね。

Fよりももう一人の子がね。最初に付き合っていたMは再春荘を辞めてから八幡の病院に行ったんだけど、僕が再春荘を出てしばらくしてから病気で死んだもんね。自殺したんじゃないかと思ってね。いや、たぶん自殺じゃなかったと思うけどね。今で言ったら何と言うのかな、心不全かな。急にきてね、亡くなったって言うんだけど…。気も合っててね、面白くてベタベタしない子なんだよ、突き放したような子なんだよ。そういうの好きなんだ(笑)。僕が昭和二七年に手術した時、Mが見舞いに来てね。「Fちゃんを見舞いに行ったでしょ。だから、許してあげる」って言うんだ。Mは一晩いて帰ったけど、ちょうどお袋も来ていて、最後に帰る時、「おばちゃんちょっと外に出て」って。母も苦笑いして「ハイハイ」って。で、僕が寝てるでしょ、そばに来て、顔をよく見てね、「これで気が済んだ」って言って帰っていった。だからなんというかね、男らしい子なんだよ。母も「あの子と結婚しなさい」って言っていたから、Mと結婚すべきだったんだよな。人間的にあの子に負けていたとつくづく思う。本当にダメな俺だった。だからあの頃はなんと言うのかな、再春荘を出た後、しばらくはさ、一人は発狂したし、一人は死んだしね。なんか呪われてるなと思った。Mに対しては罪を負った思いがあった。それでやっぱり、敦子と出会って結婚して救われたね。敦子はお嬢さんだったからね、健康なね。非常に健全なおおらかなお嬢さんだったからね。自分は呪われてるなぁと思ったのが救われたんだと思うね。やっぱりあの頃は自分のことを悲劇的に思いたいからな。

その二人のことを僕は実は書いてるのよ、小さなパンフレット作ってるの。その頃に自分の作った詩と短歌ね、それと思い出の記をね。

——渡辺さんにとって、そのお二人ってどんな存在なんですか？　そこまで残すって、なかなかないじゃないですか。

そうかなぁ。自然にそうなんです。自然に。別にね、覚えとかなくちゃっていうのじゃなくてね。懐かしいんです、ずーっと。今でも好いとるとたい、全部、好いとる。今、目の前に出てきたら抱っこしたい（笑）。やっぱり僕は誰と結婚しても、必ず好きな女が出てきてというのはあったと思うね。そして今、九〇になろうとしてやっとわかったけどね、全然変わらんね、二〇歳の頃と恋愛感情みたいなものは。近頃はもう、白髪のおばあちゃんなんかものすごく魅力的で、可愛いなぁと思うね（笑）。やっぱりあの二人にはね、罪悪感とね、それから自分は女に好かれないんだ、というのがあったなぁ。チェーホフの「妻」っていう小説があってね、これは読んでこたえたのよ。主人公は人からあまり好かれないのよ。それだけじゃなくてね、嫁さんからも嫌われている。なぜかというと人のする事が不完全に見えて口出しせずにはおれないの。だから嫌われる。それを読んで俺は、あ、他人事じゃないなと（笑）。

――でも、この小説「顔」にもちょっとそういうところ出てくるじゃないですか？　奥さんからちょっと冷たくあしらわれて。

そうそう。でもコミカルに書いてるだろ？　しかし、この小説はいろいろ作り出しとるな、話を。

――でもなんか、主人公が渡辺さんに見えてくる…。

それは俺が書いたからたい（笑）。あのね、島尾敏雄さんがね、奄美の名瀬市の図書館長をしていた時、図書館の会議で熊本に来なさったわけよ。すると、僕らの仲間だった上村希美雄が島尾さんと会って、この小説を読ませて、どう思うかって聞いたら、「僕はこの小説は買いません」って言いなはったそうだ。要するに島尾さんって人はさ、やっぱり私小説系統の人で、実感で書く人だから、これは作った小説だっていうことなんでしょう。僕はその後書いてないけど、小説は自分ではダメだと思った。と言うのはね、この小説も自分から肉体的というかねぇ、感覚的というか、湧き上がって書いてるわけじゃないのよ。頭で設定してるからね、全部。テーマ自体は「一本の矢になりたい」という、自分の課題としてあったんだけど、いろんな情景を作ったりするとき、坂口恭平なんかもう湧いてくるわけだろ。石牟礼さんもね。僕はそういうのがないんだよ。全部考えて作り出してるわけだな。でも、よう考えたな、色々な。

――考えてる部分が強いにしても、何も内から湧き上がらないって言うのはないじゃないですか。

いや、湧き上がってないの。最後に出てくる青年をなんで殺したのかねぇ。面白いね、無責任だ（笑）。あんまり痛切な感じで書いてないんだよな。やっぱり作ってるんだよ。だからあんまり痛切な感情がないんだよ、きっと。だけど文章はしっかりしとるな、今読んでみても。でもさ、熊日の光岡明が褒めてくれたんだよ。雑誌紹介しよったんだよ、彼がね。そん中で褒めてくれた。でも、この小説以降は書いてない。小説はダメだ。つまり肉感的じゃないんだよ、僕は。肉感的じゃない。ずっと感じてた、ずっと。描写があんまり好きじゃないんだよ。めんどくさい。

――でも、小説を書くこと自体は楽しかったですか。

うん、割と楽しんで書いたんだと思うなぁ。ていうのは、話を作る楽しみがあったのと、奇天烈な場面を作り出して考えるのが楽しかったね。

――当時、渡辺さんがこういうのを書く上で、影響を受けてた人っていますか。

僕は二〇代で、まあ若い頃は色々あるけれども…。そうねぇ、再春荘を出てきた後ね、やはり影響受けたのはヴァージニア・ウルフとカフカでしょうね。

――「小説じゃないな、俺は」と思った後、東京へ行きますよね。それ以降で影響受けていったのは、やはり吉本隆明さんですか。

僕の全体の文学的な影響で言えば、中野重治でしょ。次が花田清輝。彼の「復興期の精神」ってのが良いのよ。今読んでもいいんじゃないかな。あとは吉本隆明、橋川文三だね。

――吉本さんはどんなところですか。

まあ最初はこの人、どう言う人だろかと。こっちは左翼の常識だからな（笑）。おかしなことを言う人だな、って気がしてたけど。その左翼のひとつの固定観念みたいなものをね、全部ひっくり返していくところがまずね、いいと思ったんでしょうね。そしてやっぱりこの人はもう、どう言ったらいいか、切り口とか発想というのがね、鋭くて深いんですよ。ちょっと普通じゃないんですよね。そしてやっぱり文章が格好良かったからね。例えば、これは前に書いたけど、「プチブル」という概念があるでしょ。そうすると、運動の中で自分が労働者じゃない、農民でもない、まあ要するに中流の、なんて言うかなぁ、ちょっと下、小ブルジョワのね、プチブル的な家庭の坊ちゃん育ちということがね、当時は非常に劣等感になるわけですよ。ちょっとあなたたちには分からないでしょうけど、例えば、「新熊本文学」で坂本っていう詩人がいたんだけどね。この子なんか、高等学校しか出てなくて、労働しているわけだよ。すると「お前は五高出だろうが。だから、お前は特権的なインテリだ」って。「なんだ、お前も五高受けたじゃないか。お前は落ちて、俺は通っただけじゃないか」って、と思うわけよ。良い詩を書いていた男だったけど、とにかく左翼の中では、そういうふうな「労働者でございい」みたいのに弱いわけですよ。例えば、芥川龍之介みたいのはさ、「これからのプロレタリアートの時代は自分のようなブルジョワ知識人は滅びていくんだ」と、それが一つの自殺の契機になってる訳でしょ。本当の契機じゃないだろうけどね。そう言う思い込みをさ、吉本さんは、ぐらりとひっくり返してくれたのよ。

例えばまあ、石川啄木だけども、朝日新聞の校正係をしてね、晩年、大変な貧乏をして大変苦しい思いをしたのはご存知だと思うけど、その頃「家」って言う題だったか、詩を書いたんだ。郊外に家を建てて、家の間取りはこんなふうで、ベランダはこんなふうで、そこで自分は椅子に座ってシガーでもふかして、新しく来た洋書のページを切る、みたいな詩を作っているわけよ。啄木は晩年は社会主義者になって、相当いいとこまでいったけど、当時の左翼からすると、最後までプチブル根性が抜けないと解釈するわけよ。吉本さんは好きな家を建てて何が悪いか、皆がそうなれるようにするのが社会主義だろうって。革命するってのは、すべての人間がそういうふうな生活をするためにやるんだろうって。何で悪いんだと言うから、目が覚めたわけよ、こっちは。憑き物が落ちるって言うか。なーるほど、っていうかね。要するに左翼的な既成概念みたいのを非常にすっぱ、すっぱと切り捨てていったからね。ま、そういうところから入っていったんでしょうね。

——吉本さんとは日本読書新聞時代にお付き合いが始まったんですか。

彼のものはその前から、熊本にいる頃から読んでた。

——じゃあ、谷川雁さんとは東京に出てから交流があったんですか。

東京に出た時はね、雁はまだ大正行動隊をじよったから。だから雁とはあまり会ってない。雁はその前に熊本に何度か来てね。その時に、親しくなった。僕が読書新聞にいた頃、大正行動隊の労働者を引き連れて、時々上京してきよった時は、会ったよ。というのはさ、雁さんの弟が日本読書新聞の同僚だったからね。ま、同僚というか、五高の同期で、僕の前から読書新聞に入ってたからね。

——当時、谷川雁さんはどういう存在だったんですか。

谷川さんというのはね、要するにね、昭和三〇年頃かな、『大地の商人』という詩集を出したんですよ。その前の五高時代から校内の文芸誌に書いていて、五高内ですでに有名だったわけだしね。そして西日本新聞に入ってね、ストライキかなんかやらかしたんでしょ。そういうことで一部には知られていたんだろうけども、詩人としては『大地の商人』という詩集が非常にショッキングだったんですよ。

——それは渡辺さんにとってもですか。

そうですね、世間一般に。そしてもう一つ、『原点が存在する』っていう評論集がやっぱり決定的だったんですね。

前にこれは話したと思うけど、「新熊本文学」というのを出してる時に、雁が批判的な文章を寄せてきてね。それで雁から呼び出されて僕は会って、雁さんと一緒に雑誌を出そうかと相談したこともあった。しかし結局、話が合わずに、谷川雁は「サークル村」を出したわけですよ。で、僕らは「炎の眼」を出したんですよね。

――「炎の眼」と「サークル村」って、具体的には何が違ってたんですか。

「新熊本文学」というのは一種のサークル誌だからね、誰でも、本格的に物を書いていこうという人でなくても、いろんな人が入って来て、生活記録みたいの書いたりしてね。つまり素人も一緒に集めたようなサークル運動なんだね。それはそれで良かったと思うけど、私や上村希美雄とかは、もっと本当に書いていこうとする、小説や評論をちゃんと書いていこうとする連中と程度の高い雑誌を出したかったのよ。それが「炎の眼」だった。それは左翼的な文学運動というのがどうあるべきかというか、つまりそれまでのプロレタリア文学運動みたいなものではなくて、やはり花田清輝が当時やっているような、いわゆるアヴァンギャルドな前衛的な芸術運動を取り入れたようなね。古めかしいプロレタリア文学ではなくて、「革命の芸術が、芸術の革命と一致する」という、これは花田清輝のスローガンだけど、それまでは革命のための芸術だったのね。それが同時に芸術のための革命ね、これがアヴァンギャルドだったんだよ。

そういった芸術上の革新的な動き、つまり従来のリアリズム文学をもっと拡張して乗り越えていくような、二〇世紀の文学的な志向ね、そういうものを左翼革命芸術は取り入れなくちゃいかんというわけだ。これは花田清輝が言ってるのね。野間宏もそう言うし、そういうふうな方向に行きたかったのよ。だから「炎の眼」に、こぎゃん小説を書いたのかな。

——じゃあ、「サークル村」はどういう感じですか。

谷川雁はそういう狭い意味での文学運動をやりたくなかったのよ。大衆に書かせるということを大事にした。ただ、大衆に書かせるというのは、後で吉本さんにコテンパンにやられるんだけどね。「大衆は書くなんてことはしない、書くなんてことをしないのが大衆だ」って。つまり、炭鉱の労働者たちに書かせるというふうなね。ま、その中から石牟礼道子が出てきたわけだからねぇ。だけど、結局「サークル村」からでてきた書き手は女三人だけだったね。森崎和江、中村きい子、それに石牟礼さん。男はいないよ、大体が。まあ谷川さんは、上野英信と組んだわけよ。あとじゃ別れちゃったけどね。もともと合うはずないの、あの二人はね。上野英信が言うには、「谷川雁ってのは朝からカレー食おうってヤツだ」って（笑）。雁は大衆にものを書かせよう、そうすると、下積みの大衆の情念とか表現される、って。それをやろうとしたのよ。だからサークル運動を突き詰めていったのよ、下層に向けて、原点が存在する深いところに降りて行けって。そこに原始の妣がいるって。だから石牟礼さんが、「おれ家《げ》の方角」って思いなはった（笑）。

——当時、そう言うサークル活動みたいなのは、渡辺さんはどう言うふうに見られてたのかなと思って。

僕はやっぱり、文学は大衆がするもんじゃない、自分の職業とするわけじゃないにしても、プロとして専念しないといけないと思ってたね。だから「サークル村」というのは、うちの女房が県庁に勤めとって、ここに「蒼林」という雑誌を出していた高濱幸敏という雁さんの五高の同級生がいて、「サークル村」の一員だったのよ。だから女房が取らせられよって一応見ちゃおったけどね。なんかやっぱり、当時まだ自分がインテリだというので労働者コンプレックスみたいなのがあったから、今はもうそんなの全然ないけど、やっぱり炭鉱の労働者に書かせるとかなんとか言ったりして一種の圧迫は感じてたけどね。でも、読むに足るものがないわけだもんね。

——その運動は別として、文学者としては谷川雁さんはどうでしたか。

これは天才なんだよ。詩人的感性としてはね。あと、理論家としては、ピシッとした論理立てるんじゃなくて、どういったらいいかな、非常に感覚的な捉え方なんだよね。だから吉本さんと喧嘩したら勝負にならなかった。吉本さんから一発でやられたから。後で雁は言いよった。それはもう、ずっと後で水俣の騒動が収まった頃だけど、「僕はもう正しさは全部吉本君に譲る。正しさなんてどうでもいい」って言ってたよ。そういう雁は好きだった。

——渡辺さんはどちらかと言うと、吉本さんのが近いですか。

僕は吉本さんの方が近い。僕が一番雁がすごいなと思ったのは昭和三六、七年ぐらいですね。その時、雁は熊本へやって来て「新文化集団」とか作ってるわけたい。吉本さんはね、「谷川雁は日本一のオルグ」て言っていた。やっぱそれはね、すごいんだよ。集会やるとね、古い表現で、「懦夫《だふ》をも起たしめる」と言うのがあるんだよ。知ってる？「懦夫」ってのは臆病もん。臆病もんでもシャンとさせる。そう言う感じだったんだよ。一人一人に魂を入れていくみたいな感じでね。

——人間的魅力があって人を魅了する感じですか。

それはカリスマだった。格好良いことばかり言ってるわけだし、睥睨するんだよ（笑）。かと思うと、なんと言うか、愛嬌というか、例えば初めて俺が呼び出された時にさ「新熊本文学の中で話ができるのは君一人だと思う」とかいうわけよ。だから人をたらすのがうまいのよ。そして、威張るからねぇ、かっこいいからねぇ。そして、女にもてる（笑）。女は自分が声かけたら一発だと思ってるの。それはかっこいいしね。石牟礼さんが言ってたもん。「雁さんて色気があった」って。男の色気。長身だしね。まあかっこよかったからねぇ。僕も昔の話だけども、あれが殿様だったら、僕がついて天下とらせてやってもよか、って思ったかもしれん。そんな感じがあった。

——という事は、男が見ても魅力があったってことですよね。

そうそう。そして手当てするんだよ。自分の手下になりそうだと思ったら優しい。僕なんかに対しても。でも後ではね、この人は張子の虎だなぁって。文学的には才能はあるが、でも理論的にはねぇ…。最後まで旧制高校のエリート臭が抜けないのよ。笛を吹いて人を踊らせたい人なのよ。

――そういうエリート意識っていうのは谷川さんが言っていることと相通じないですよね。

だから降りてけって言っても、本当に降りていったことないんだよ。炭鉱なんか行って労働者たちと付き合ってね、労働者としてはさ、やっぱり仲間に東大出がくると嬉しいわけだからね。で、晩年ね、あれは長野の黒姫かなんかに引っ込んでね、一〇代の会とかいって、一〇代の子を集めて演劇活動か何かしよったんだろ。で、その一〇代の子たちからもね、神様みたいに思われていたわけだろ。「俺が出て行けば」って生涯思っていた。一生そうだったのよ。それで一九八〇年代のねぇ、水俣病闘争が終わってからよ。もう第一次国賠訴訟の判決があってからぐらいか、熊本に来てね。石牟礼道子を呼び出して、「君と二人で水俣闘争やろう」って。やろうったって、もう終わってるのにさ。僕にも言いよったのよ、色々ね。厚生省を占拠した時にね、「君たちみたいに望楼の決死隊みたいなことやってもダメだ」ってね。戦時中に「望楼の決死隊」っていう映画があったんだよ。「じゃあ何をやればいいですか?」って聞いたら、「患者を一人ずつ交代交代で、チッソ工場の前に立たせるんだよ」って。聞いとって俺、もう現実離れっていうか、しょうもないねぇと思った。それまでは「この人はアイディアはすごい」と思っていたけど、何を言ってるんだと。現実離れをしているというか、アホじゃないかってことを言いよったからね。

――自分だったらもっと上手くやれたのに、というのを言いたかったんですか。

うまくやったというよりも、なんで俺に采配を取らせなかったかてことでしょうねぇ。でも、本当にやる気はなかったんで。ただやっぱり、どこでも自分の息がかかってるようにしたかったんでしょうね。

――やりたかったというよりは、そこにいなくても谷川雁を存在させたい?

大正行動隊のやり方にしてもね、だからどういうんだろうねぇ、やはり愚直な事が出来なかったんでしょ。戦略みたいな、諸葛亮孔明かなんか知らんけど、高等戦術を使いたかったんでしょう。こっちみたいにさ、「突っ込めー」って、一番簡単でアホで、そういうやり方はできなかったんでしょ。

――谷川兄弟は水俣病闘争にはあまり関与されてないでしょ。あれは何でですか。

それは水俣に足がないのよ。もう縁が切れているから。そしてねぇ、まあなんていうかねぇ、要するに東京にいるでしょう。一番問題は健一さんだと思うけど、「俺に相談もなく始めた」ていうのがあるんだろう、と思うんだよ。で、ずっと言いよんなはったたい、「水俣は水俣病より大きい」と。愛する水俣がいかにもいやな土地みたいに言われるのが不本意だったのだと思う。で、「俺のとこに挨拶にも来ん」と言いたかったわけだ。とにかく態度がでかいでかい(笑)。健一さんが威張る、雁が威張る、でも道雄さんという人が威張らない人で、兄弟の中で一番好きだった。また末の公彦さんは律義で誠実な方で、僕とは五高の同期だけど、僕と違ってちゃんと東大出て、東大新聞から読書新聞、さらにはエディタースクールを創るなど、立派な仕事をなさった。僕も大変お世話になった。

雁さんについて石牟礼さんから聞いたことも交えて補足すると、僕は昭和二九年、昔の熊日本社（今の熊日会館）のうしろにあった集会所で、初めて雁に会った。サークル交流会だったと思う。とても立派なオーバーを着ていた。当時雁は阿蘇の結核療養所から出て来たばかりで、水俣で洋装店をやっていた奥さんが暮らしを立てていた。ご主人の雁が自慢で、そのオーバーも奥さんの見立てだったんだろう。僕は一度だけ、雁が奥さんと一緒だった場面を見ている。もう彼には森崎さんがいた。雁の奥さんに対する態度がクソ丁寧なのに僕はびっくりした。別れる寸前で、わざと他人行儀にしていたのかなぁ。雁が奥さんと別れて、筑豊で森崎さんと同棲し、大正行動隊をしていたころ、前夫人が石牟礼さんに「ナグレ晴れして」と言ったそうだ。ナグレルというのは無頼化するといった意味。つまり自分が一緒に暮らしていたときは、りゅうとした紳士風に装わせていたのに…といった意味なんだね。奥さんは沖縄の富豪と再婚したと石牟礼さんから聞いている。

――もう一つ、お尋ねしたいんですが、渡辺さんがやった「水俣病を告発する会」が成功して、大正行動隊ができなかったことはなんでしょうか。

そう言うことはあんまり言えんけど（笑）。大正行動隊っていうのは決してバカにはできないわけで。まあ、あまり格好つけすぎたのよ（笑）。「告発」なんて、簡単なのよ。なんでもない、イケイケどんどん、で良い訳だ。かっこつけんでいいわけだ。

――「個」の意志を重視すると言う意味では、なんか繋がってるものもある気がしますが。

繋がってんのはね、要するに大正行動隊の理念というのは、自分が主体になってるんですよね。つまり「俺」が参加して「俺」がやる、と言う。だから集まってきても名簿作ったり、会員作ったりしない。来るやつでやるってね。その原則は頂いてるんですよ。だから、雁さんから教えられたことも多いんだよ。僕は吉本さんところに、あれはいつだったかな昭和五〇年ごろかな。東京から熊本に帰ってくるときに最後に挨拶に行ったけどね、それ以来ずっと会ってなくて。一〇年ぶりぐらいに会った。そしたら吉本さんがね、僕の顔見てね、「おおー」って言いなはった。「珍しいやつがきた」って感じね。珍しい奴が来たっていうのはね、ちょっと不信の念があってね。「お前は雁の子分だろ」みたいなのがあったんだろね。で、家に上がって話ししたら、早速、雁の話になって。「谷川雁というのはね、あれは最初から社長なのよ」って。「小使やったこともない、平社員やったこともない。最初から社長なんだ」と言われるんだよ。俺は内心、「分かってます、分かってます」って思ってるわけよ（笑）。そうしたら吉本さんは、「こいつは今でも俺に恭順の意を表しとる」と思いなはったんだろうね。だんだん打ち解けてきなはった。なんでか知らないけど、ずっと雁の批判ばしなはったけんね、「ははあ、よっぽど俺が雁の影響を受けとると思っとんなはるばいな」って。その頃はもうそんなことは全然なかったからね、雁に対しては。何も言わんで、ニコニコして聞いてたんだけどね。

その前に吉本さんのとこにずっと行きよったときにね。「僕の弟子になったら全部教えてやる」って言いなはった。僕はとっくに弟子入りしているつもりなんだけど、恥ずかしいから口に出しては言わないのよ。だから吉本さんはね、僕が仕事で武井昭夫とか新日文系統の人の所にも行くでしょ。すると二股かけてるぐらいに思いなはっとね。私はそんなことないんだけどね。だから「弟子になったら全部教えてやる」と言われた。そんなこと言う人じゃないと思うけどねぇ。

――やっぱり吉本さんは親分になりたい人でしたか。

いや、そんな人じゃないと思うけどね。あれはどうしてでしょうね、僕のこと、見ていて歯がゆかったのかね。雁のことは自分の敵じゃないと思ってたね。雁と吉本さんがちょっと論争みたいのがあったのよ。雁のことは自分の敵じゃないと思ってたね。鎧袖一触だった。鎧袖一触、つまり武者と武者が戦っていて、触れた途端にバッと、鎧に跳ね飛ばされる。だから雁は跳ね飛ばされたのよ、ちょっとした論争で。谷川雁の文章にはね、「文化の屍臭」がする。これで一発よ。雁の方が人が良いわけよ。吉本さんはあの辺は強いのよ。

吉本さんは花田清輝とも論争したでしょ。で花田清輝をコテンパンにやっつけたでしょ。「群像」で対談したんだけど、対談にならなかったのよ。載ることは載ったけど。清輝はちょっと機嫌とろうとするのよ。そしたら、「そう言うのはね、主観です」。「いや主観じゃない」って清輝が言っても、「主観です」。もう全然。そんなふうなのよ、吉本さん。その辺は吉本さん強いのよー。喧嘩強い。

だから雁はね、自分を認めてもらいたいからさ。喧嘩しても認めて欲しいからね。東京では最初、雁ってのは恋人みたいなラブレターみたいな手紙を書くって評判だったの。吉本さんは雁のある才能は認めていたけど、理論的にダメだよと。理論的にダメだ、お前の言ってることは、理論的にアウトだと。もうこれ一発なんだよ。雁は反論できないの。だから、埴谷雄高がね、「吉本という男はね、熊を相手に戦うときに、抱きしめる。そして背中を折る、そんな男だ」って。要するに自分の中に引き込んじゃって。埴谷さんが「吉本は最後の掃討者だ」と言ったことがある。敵を掃討するというのは、一掃すること。「戦後の最後に来た掃討者」って言ったんだよ、吉本さんのことを。これまでにやってきたやつは全部ダメだって。そういうふうに登場してきたんだよ。僕は吉本さんからほめられたことは一度もなくて、叱られてばかりいた。

——でも、「弟子になったらなんでも教えてやる」って言うのは、渡辺さんをかってたからじゃないのかな。

なんでか知らん。ちょっと可愛かったんだろうな（笑）。あの人はねぇ、なんと言うか結果的に似てるところもあるんだけどね。でも、頭がいいしなぁ…。あの人の頭の組み立ては立体的なのよね。ものすごく、立体的なのよ。僕はそうじゃないの。そして嘘か本当かを見る感性が鋭いのよ。でもねぇ、あの人も弟子がいっぱいいたけど、晩年では弟子をボロクソに言ってた。吉本さんが死んでから何人か愚痴書いてね。「めちゃくちゃやられた」って。これは七〇年代の終わり頃だけど、京都に宍戸さんという評論家で本屋をやってる人がいてね、「吉本さんが渡辺さんのこと褒めてましたよ」って言ってるって、豊田伸治から聞いた。豊田は京都に住んでいたからね。僕は意外だったけど、頑張ってるじゃんという評価かな。僕はまあ、あの人より本は読んでるんじゃないかなと（笑）。吉本さんは頭がドイツ的なんだよ。ヘーゲル、カントなんだよ。だから概念でいくわけだよ。鶴見俊輔が対談したんだけど、途中で音をあげてね。「君の言うことは全部概念だ。俺は大嫌いなんだ概念が」って途中でヒステリー起こしたの、鶴見俊輔が（笑）。

でも、一方で腰の低い人でもあった。雁が「吉本のところへ原稿持ってけ」って言いなはるもんだけんね。つまり雁は最初「試行」を吉本さんと一緒に出していたから、僕にも書けという訳なの。で、僕が持って行ったのよ。それがなけりゃあね、行くことは無かったんだけど。でもその時はもう、びっくりしたー。玄関に出てきて、「へい」って言いなはった（笑）。ああ、物書きにもこんな人がいるのかって。やはり江戸の下町だねぇ、「はい」じゃなくって「へい」って。腰の低いことがね、びっくりした（笑）。そしてね、吉本さんの偉いのはね、訪ねて行くと必ず会いよんなはった。一回だけ、「すみませんけど今ちょっと原稿、急ぎのを書いてるからね、三〇分ぐらい待ってください」って、一度だけ待たされてね。そして身辺に本がないの。どっかに書庫があったんだろうけど、身辺に本がないからねぇ。まあ大変な人じゃあったね。僕はご両親の家まで連れて行かれたんだよ。訪ねて行ったらね、「僕は今から親のうちに行くんですけど、君も一緒に来ますか」って。どんな家だったかは、よく覚えてない。せっかく行ったのに（笑）。それと、あの人、体が大きいからね。その体を電車の中で小さくしている感じで、太宰治じゃないけどさ、「生きててすみません」みたいな感じでびっくりした。

――雁さんは体は大きいんですか？

大きい。長身でかっこいいんですよ。谷川家は全部大きいもん。健一さんも大きかったしね。とにかく頭押さえつけられたよ、俺は。雁さんにしても吉本さんにしてもなぁ（笑）。でも、僕は彼らに対しては当然、礼をとってましたよ。雁は八つぐらい上だし、吉本さんは六つか。それまではね、僕は年が一〇ぐらい上でも同輩と思ってたの。でも、ああいう偉い人に会うとね、「これはやっぱり格が違う」という感じ。この二人に稽古つけてもらったというのは大したことだったと思う。何しろ鍛えられた。そして雁はねぇ、やっぱり手なづけようとするの。まあ、私を可愛がってくれたんだろ。で、島田真祐が結構お気に入りだったもん。テックって会社をやってた時も、「君は僕のとこ来るんだよ」って真祐に言ってたもんね。真祐はかっこいいし、美男子だったからね。ああいうのが好きだったの。僕もね、水俣やってる頃ね、渡辺を取り巻いてる青年はみんな美青年だって評判で、森通博さんなんか、森蘭丸って言われよったのよ（笑）。だから、あの頃が花だったたね。あの頃がやっぱり一番男と付き合えたね。若い時だからねぇ、皆純情だからねぇ。だけど今は、男に対して親分みたいな口はきけない（笑）。

やっぱり、嫉妬というのが一番問題だと思うんだけどねぇ。男も女も。男ももちろん、嫉妬があるわけなんだけど。例えば僕の愛してる人が、他に好きな男ができたとしても、「よかったね」みたいな気持ちになれるんじゃないかと思う。だから嫉妬ってのがなくなると、本当にいいと思うんだけどねぇ。男が男に嫉妬するってのもある。その場合は、地位とか名声の話ね。アイツが認められたのに、なんで俺が認められないんだ、俺の方が上なのに…とかね。

——渡辺さんは誰に一番嫉妬しましたか。

いないな。僕は割と男に惚れる方でね。人の才能に対してはいつも敬意を持っていた。人の才能に嫉妬したことはない。自らを恃む気持ちもあったしな。

——じゃあ一番惚れた男は誰ですか？

ちょっと待てよ、それは。男ったっていろいろ難しいからな。思想面では吉本さんかな。なんたって肝心なことを教えてくれた。いろいろ考えが違うとこはあるけど、才能っていう面ではね、すごい人で、かなわない。文章とか見たら、もうかなわないと思う人はあの人だけですね。雁は、あんな華麗な文章は書けないって点はあるけども、それ以外は別に譲るところはない。吉本さんはやっぱりかなわないってところはありますね。第一、この人は僕よりも何倍も物事を考えている。僕も多少は考えるけど、考えることの深さ、広さ、強さという点で到底及ばない。結局はそういうことです。雁さんはよく僕に、君は自虐的だと言ったけど、僕は自己把握が出来るの。おのれを知っているから、おどけて自分を自分でバカにしても一向に構わない。また吉本さんにはかなわないと正直に言える。そう言ったって、自信は自信でちゃんとある。雁みたいに弱みは一切見せない構えをする必要はない。

――人として惚れたみたいな人はいますか。

それはいっぱいいる。本田啓吉さんなんか大好きだったしなぁ。僕はすぐ惚れて、後で嫌になるくせがあってなぁ（笑）。女の場合はそんなことないのよ。女の人はずっと好きだもん（笑）。本田さんはね、公明正大な人だった。男としてのいやらしさみたいのがない人だったね。ちょっと珍しい人柄だと思ったね。あの人はね、五高から京都大だから、学歴は一流なんだけど、ある時期にね、やっぱり無名に徹するというか、そういうことを考えた人だと思うね。非常に僕を贔屓にしてくれたもんねぇ。ずっとねぇ。それから僕は、タクシーの運転手と馬が合うの。何人かいるよ。久しぶりに会うと、「あー、先生久しぶりですねー」って、向こうも喜ぶし、こっちも喜ぶしね。なんかああいう人を見ていると、どうしてこういう良い人間になってるのかなと思う。魅力的だしねぇ。そしてまた、食い物屋の親父と仲良くなるのよ。俺といっぺん、「ホワイト」ってとこ行ったでしょ。カツサンドの美味しいところ。

僕は昔すぐ近くに住んでいて、時々行きよった。引っ越してからも行きよったけどね。この間、久しぶりに行ったらさ、「ホワイト」の親父が喜んでね。どうしてこんなに喜ぶのかなあって。でも、この店も地震で駄目になって、もう辞めますって言うんだよね。寂しいよね。

――ところで、渡辺さんずっと雑誌出してきたじゃないですか。あれは今思うと、何のために出してこられたんですか。

僕の場合は明らかに運動というかね、自分の思想運動という意味がずっとあったんだけどね。一つは、やっぱり編集って面白いんですよ。一つの雑誌を作るってのはアンサンブルを作るんですよね。ただ集まってきたのを並べるだけじゃなくて、アンサンブル作るってのが、やっぱり面白いですよ、これは。

——書くことと、編集することはどっちが好きですか。

どっちってことないな。一体化してるからなぁ。自分が一人書けばいいんだったら、何もせんで書けばよかったんだが、自分が書くというのは、他にも仲間がいて、その仲間たちの中で自分が一つのパートを占めてという、そういう位置付けをした時に、やっぱり満足感があるわけね。だから僕は一緒に書くやつを売り出したいのよ。地方文壇みたいのは昔からあってね。今はほとんどなくなったけどね。要するに、僕が熊本に帰ってきた昭和四〇年の頃にすでになくなりかけていたけど、それまではね、熊本でも「詩と真実」を中心にして地方文壇があってね。その中心の人は東京にいて、結局はちょっと文壇に出ただけで、本当には出れないで地方に帰ってくると、東京にちょっと出かけたということが勲章になっとるから、そういう人たちだけで地方文壇ができてくる。その頃、荒木精之というのが熊本の天皇でね、大変な勢いがあった。あの人は熊本の政界、経済界、名士の世界というか、そういうところで有力者だったわけだからね。それだけの力量持っていた人なんでしょうけど、荒木精之なんて一歩熊本県から出たら誰も知らんのよ。当時はやっぱり地方は文壇二軍みたいなもんだけど、そういうのが無くなったのは大変いいことなんだけどね。

「詩と真実」なんて、ある時期から同人が四、五〇人もいるようになったけどね。ちょうど僕が熊本に引き揚げてきた翌年の昭和二三年に創刊されたのよ。そのころは「同人にしてください」なんて言っても簡単になれないわけよ。つまり自分たちは格式があるわけよ。そういう地方の有名文化人みたいな世界が崩れたのが昭和四〇年代だね。というのは、いいものさえ書けば東京から買いに来るようになったのよ。昭和三〇年代の後半ぐらいかな。石牟礼さんだってさ、中央の出版物にいろいろ、「西南役伝説」とか載せるでしょ。そういうふうに、東京の編集者たちが地方の書き手に頼みにくるようになったのよ。だから地方にいても、地方の同人誌なんかに入らずに直接やれるようになってきたから。今は特にどこにいようがね、やれるんだけど、いっときはそうじゃなかった。僕らの「新熊本文学」以来の運動は、そういう地方文壇みたいのとは全く関係がなかった。だから、さっき言った仲間というのは、そういう意味じゃないんだよ。つまり東京というか中央でモノにならんもんだから、いわゆる地方文化人でいばるっていう構図はナンセンスなんだよ。浜田知明さんが版画で「地方文化人」というタイトルでいくつか描いとるのよ、戯画で。だから浜田さんもそういうのが大嫌いだったわけなんだろ。例えばアメリカだったらね、ジャーナリズムがNYに集中してないんだよ。アメリカは文化的な中心がいっぱいあるんだよ。だからフォークナーみたいにちゃんと田舎でやれたわけなんだよ。僕が考えてるのは熊本なら熊本で、つまり熊本でしか通用しない文化人になるんじゃなくて、東京に出したって世界に出したって通用するようなね、少なくとも自分の持ってるオリエンテーションとしては、そういうような物を書く人、研究をする人、あるいは読書人ね、そういう層をね、地方で作りたいとずっと思って来た。だから、まあ、熊本で、一つの地域で高いレベルの物を書く人と、それから高いレベルの読書人ね、そういうのを作らなくちゃと思ってきた。じゃないと、いつまでたっても、日本の文化が底の浅いものでしかありえないからね。

僕が熊本に帰ってきたのはほんと偶然で、今でも別に「熊本が自分のふるさとだ」って訳でもないんだけど。ずっと住んでるから自分の住んでるところで、さっき言ったような地方文化人になるんじゃなくて、普遍的なもの、文学においても、学問的な研究においてもね、普遍的なものをね、あるいは読書というものをとっても、普遍的な世界第一級のものを自分でやっていくという、そういう一定の層を作らなきゃダメだと思うのね。で、それをやってきたのかなと思う。特に、再春荘を出て、「新熊本文学」始めて以来ずっと、地方にいながらいわゆる地方文化人にはならない、普遍的な考えを、普遍的な表現を自分でやっていこうという、そういうグループをずっと作ろうとしてきたんだと思うね。今でもそういう思いがある訳だ。で、そういうのを作るのが、やはり一種の、なんていうかな、世話焼きなんだよね。

やはり地方に学芸の伝統というか厚い層をね、作りたいと思ってね。江戸時代はまだね、やはり地方分権の時代だからね、有名な学者が地方地方にいたわけですよ。そう言った意味でね、熊本のレベルを上げたいとずっと思って来たんだけどね。ただね、すぐ途中でやめちゃって地方文化人になろうとするわけだよ。地方文化人で満足しちゃうから。なんかあの、例をあげたら悪いけど…、どう言ったらいいかな。要するに郷土ものだけ取り上げてね。で、郷土文化人みたいにしてね、そうなると先生、先生と言われてね。そうなっちゃう人が案外多いんだよ。つまり、小説なら小説なんかをずっと書いていてもね、やっぱり東京の文芸誌に載るようになるのは、なかなか大変だしね。

――熊本を離れようと思ったことはないですか？

ないですね。運動やってて仲間がいたからですよね。それがなかったら別にね。東京から帰ってきたのも仲間がいて、ずっとやってたからなんですね。東京ではそういう仲間はできなかったからね。東京では仲間はできないもん。日本読書新聞に勤めてたらそれだけで精一杯だもんね。昔からの友達がいないでしょ。要するに若い頃からの友達がいるから仲間できるわけでしょ。こっちはライターと会ったって、編集者とライターの関係で会うわけだからね。もう少しいたならば、仲間ができて勉強会やるとか雑誌を出すとか。そういうことにもなっただろうけどね。

僕は、熊本でもずっと雑誌を出し続けていたから。東京にいる間もずっと熊本の雑誌に関与していたから。まあ、熊本にこんなに長くいるとは思わなかったけどね（笑）。だけど熊本はやっぱり、いい街だと思うな。やはりあの、何たって歴史があって城下町だからね。今はもう城下町っていう面影がほとんど残ってないけどね。それに規模がちょうどいい。福岡になるとちょっと大きすぎるんですよ。そしてなんたってね、阿蘇と天草があるからいいんですよ。特に阿蘇があるからね。

熊本の人間って、とにかくへそ曲がってるんだけど、良いんだよ（笑）。廉直。嘘がない。正直者というかね。格好つけることができないでしょ。あれはいいと思うんだけど、ただ融通がきかんのよねぇ。

――じゃあ、もっこすがいいんですか?

いや、もっこすは程々にしてもらいたい（笑）。自分の生き方を通すだけなら簡単だし、それだけじゃつまらんのよね。やっぱりあの、どう表現していいのかねぇ。「連」というのを作らなくちゃね。神風連とか、あの「連」というのをね。自分一人で、まあ清潔な生き方というか、気持ち悪いことはせん、っていう生き方を通そうとするのは、簡単って言ったら悪いけどね。もちろん苦労はありますよ、苦労はありますけど、第一に貧乏せにゃならんというのもあるでしょうけど、とりあえずできるんですよ。だから問題はやっぱり、一つの繋がりね。どう言ったらいいでしょうねぇ。一つのグループを作るってのが難しいんですよ、なかなか。特にそういうものが、党派になっちゃってさ。自分たちだけの満足を求めてね。自分たちだけの気持ちのいい世界を作ろうっていう党派になってしまうとつまんないんだよね。党派性というものを乗り越えるような、一つ一つの繋がりだね。それはやっぱりある課題を共にせんといかんと思うんだけど。

――渡辺さんの運動というのは、その連を作る運動ですか。

そうね。それと、やっぱり、僕はそれは編集者として、才能のある人、才能の片鱗でも持っている人がいたらね、その才能を発揮してもらいたい。スカウトの精神だね。

――ところで、渡辺さん、もう小説は書かないんですか

もういい。そもそういう才能がないし、第一この歳になって面倒くさい、きつかもん。

――せっかくだから、面倒くさいことしましょうよ。

しかしなぁ、世の中ってのは、たくさんたくさんたくさんの人間がいてね。それぞれの自分の一生があってね。考えてみると、大変だね。でも、面白い人はいっぱいいるな。ただ、僕はそんなに出会ってないなぁ。やっぱり世間が狭いと思うなあ。

（『アルテリ』八号（二〇一九年八月）掲載）

渡辺京二　二万字インタビュー③

アルテリ編集室（以下――）渡辺さんがファンタジーについて語った『夢ひらく彼方へ　ファンタジーの周辺』（上下巻）が亜紀書房から出版されましたね。これは橙書店で昨年一月から半年間、渡辺さんがファンタジーについて語ったものをまとめた本ですが、この中で「人間という社会的動物であることにおける欠損感から、アナザワールドへの郷愁が生れて来るのは確かなことです。だからアナザワールドへの絶えざる郷愁の表現というべきファンタジーは、この人の世にひとり立ち向う個＝孤にとって、勇気の源泉でもありうるのです」と語られています。こうした孤独感みたいなものって、渡辺さんの中にいつから芽生えたんですか。

小さい時からだな。僕はね、ごく小さい頃は近所の子どもたちとも遊んでいたし、小学校に入ってからも、そんなに適応しなかったということはなかった。昭和一三年に父に呼び寄せられて北京に渡り、北京で小学校二年、三年を過ごした時もそんなことはなかったんだよ。だけど、小学校四年の時に大連に転校するんだけど、その時からかな、やっぱり。まあ、一つのクラスというのは、子どもにとって娑婆ですからね。一つの小さな娑婆のモデルのようなもんなんだよ。その時のクラスが今考えてみたら、やはり非常にとんでもないクラスだったんだな。つまり、ボスが見事に統制するクラスだったんだよね。そういうクラスってあまりないと思うんだけど。私が入ったのがたまたまそういう小学校だったんだね。

それは、大連市の南山麓《ナンザンロク》っていうブルジョアの街にある小学校で、大連というのは日本が支配する植民都市で、日本人と中国人は居住地域がはっきり違っていたんだけど、南山麓は日本人居住区の中の高級住宅地だった。うちはブルジョアではなかったけれどもね。クラスの中にブルジョアの息子のグループがあって、勉強のできる家老の息子みたいなやつと、身体のでかい喧嘩大将みたいなやつと、この二人が組んで君臨してたのよ。その周りに六〜七人がいて、これもやっぱりブルジョアの息子たちだった。彼らは幼稚園ぐらいからずっと一緒だったんじゃないかと思うんだよね。

大連には満鉄（南満州鉄道）本社があるし、広大な鉄道工場もあって、その職員住宅が学区内にあった。だからクラスの中にはブルジョアの子どもと、労働者の子どもと二通りあったわけね。労働者の子どもは、ブルジョア層が君臨するクラスの中ではずっと下積みなんだね。僕はそういうクラスに入ったんだよ。

それで、なんというか、当時はクラスというのが一つの世間であり、娑婆であり、これは大変だなというのを初めて経験したんだと思うんだよね。そうすると、僕にとって自分自身が生きられる場所は物語の世界になるわけね。当時、講談社から世界名作物語というのが出ていて、これは児童向きにリライトされたものだったんだけど、『巌窟王』とか『ロビンソン・クルーソー』とか読みあさってね。だから、当時僕はそういう世界で生きていたと思うんだね、物語の中の世界でね。

——それはある意味、物語の世界に現実逃避していたってことですか。

現実逃避というと違うね。現実ったっていろいろあるわけで、クラスだけが現実じゃない。物語の示してくれる世界も現実なんだよ。その世界があるから、学校でいくら辛い思いをしても生きられたということ。

ところで、級長をしていた家老の息子みたいに貫禄のあるNという子がいてね。この子は大連の名のある有力者の子なんだけれど、オールラウンドに出来るんだよ。むろん学科も出来るけど、絵も上手、唱歌も上手、体育も出来るんだな。そいつがずっと級長をしていたのに、僕が転校して次の学期に級長にならされた。さあ、そこで、Nとその取り巻きが収まらないんだよ。

考えてみたらね、僕は北京時代までは怖いものを知らんかったんだなと思う。だから大連の小学校に転校しても、思った通りものを言いよったし、作文でも思った通り書きよったわけだ。そしたら、「今度来たやつは生意気なやっちゃ」となってさ。

――その時は、級長ってどうやって決まっていたんですか。

担任の先生が決めていた。勉強が一番になれば文句なしに級長になるんだよ。学級委員とは違うから、クラスの投票なんか無くて、成績の良し悪しで決まる。級長になっても成績が下がれば次の学期に交代させられる。僕が級長になって、担任から体育の時間に「どこそこに（生徒を）集めとけ」って言われるんだけど、僕が指示をしても集まらんのよ。Nのグループのやつらが根回しして「渡辺の言うことはきくな」ってことになっているのよ。そうすると、担任が「おらんじゃないか。集めとけと言ったじゃないか」って怒るんだ。そんなことがあったりしてね、最初は大変だったのよ。

そのうちそのグループも僕を認めてくれてね。「こいつには俺たちの支配に楯突く野心はない」と分かったわけよ。だから、許してやろうと言うことになったけど。まあそれが最初のね、イニシエーション（加入儀式）みたいなものだったんだね。だからこの転校経験というのは、早くして娑婆世界に出たようなもんでね。とにかくクラスの権力構造というか、支配が露骨だったんだよ。暴力的でもあったしね。例えば、太平洋戦争が始まった頃、クラスにクリスチャンの子がいたんだけど、そのグループのやつらは、そのクリスチャンの子に木で十字架を作って背負わせたりしてね。その子が生意気だって言って、そういったひどいことしてたのよ。そういうクラスの中にいたんだよ。

――じゃあ、その頃の体験が孤独を感じる始まりというか、「個」＝「孤」という考えの原点になるんですか。

当時、僕は物語の世界があればよかったのよ。そのほかに仲良しが一人、二人いればね。そのほかには何も必要なかった。でも、あのころ、クラスは自分が出ていかなきゃならない娑婆であり、物語を読んでその世界に浸るのが自分の本当の生活だったな。やっぱり、その辺で始まったんだろうね。

僕が読んでいたのは『ロビンソン・クルーソー』とか『巌窟王』といった冒険ものだけじゃないんだ。『小公女』に感銘を受けたなぁ。知ってるでしょ、バーネット夫人の『小公女』。姉が買ったんだけど、僕なんか最初はバカにしてたんだよ。でも、読んでみたらやっぱり良いんだよなぁ。主人公の小公女は、お父さんがインドにいてすごいお金持ちでね。イギリスの寄宿学校に行って、経営者の女校長からも「お嬢さん」と呼ばれて大事に大事にされてたのに、インドのお父さんが突然死んじゃうわけだな。それで孤児になった途端に学校の待遇が変わって、屋根裏で暮らす女中みたいになっちゃうんだよ。

読んでいて非常に印象が深かったのは、その子がお腹が減ってしょうがなくなって、少ないお小遣いで甘パンを買ってね。そうしたら道端に乞食みたいな可哀想な女の子がいて、せっかく買った甘パンをやっちゃうんだよ。お腹すいて自分が食べたくてしょうがないのにね。だからヒューマニズムなのよ。ああいうヴィクトリア朝的なヒューマニズムの物語の世界の中に自分がいたんだけど、一方ではクラスを支配してる殿様みたいなNと喧嘩大将みたいなSがクラス中で暴力を振るってるんだよ。この二人、ナイフで殺してやりたいと思ってたんだよ（笑）。

ところがね、大連一中に入ったらね、小学校時代にクラスで一番で絵も上手、書道体操も上手なNは、最初の中間考査で上位一〇番までも入っていないんだよ。俺はちゃーんと入ってたんだけどね（笑）。一中というところは考査ごとに、学年で十位以内の名前を廊下に張り出すんだよ。一学期はそれぞれの小学校で一番だったやつが級長になったんだけど、二学期になると成績でガラリと変わった。僕は級長になったけど、Nはすぐ落っこちたんだね。Sっていう喧嘩大将もしょぼんとしておとなしくなったんだよね。他に強いのがたくさんいたんだよ。その時初めて、世間は広いなって分かった気がしたな。

――そこで最初に娑婆というか、人間社会ってこんなもんだって知ったんですね。

ブルジョアの学校って、やっぱり非常に特殊な学校だったね。だからブルジョアの子どもがいかに権力意識が強いかということが分かった。南山麓小学校では男子が二クラス、女子が二クラスあって、四年から五年になる時にクラス替えがあった。そしたら、二組で君臨してたやつが僕がいた一組に入ってきたわけよ。そいつがね、見るも哀れに僕のクラスに君臨してたNとSの機嫌をとるのよ。受け入れてもらうためにね。ところがその二人は、二組でボスとして君臨しとったそいつを押さえつけようと思っとるんだ。面白かったのがね、他の小学校との野球の対抗試合があった時にね、こっちのピッチャーがS。ところが、Sは球は速いけどノーコンなんだ。フォアボール、フォアボールって、たちまち相手に何点か取られちゃったのよ。だもんだから担任が堪りかねてね、三回からピッチャーを二組から来たその子に変えたのよ。そしたら、こいつが見事なピッチングで、後の五回をきっちり零封したの。それでSとNが気に入らんわけたい（笑）。それから、その二人が、そいつをいじめる、いじめる。二人は、彼がもう見るも哀れに迎合しようとするのを突っぱねてね。結局、彼はノイローゼになって学校に来なくなった。そしてずっと休学して、一年下に復学したけどね。だからさ、やっぱりなんというか、子どもながらに厳しい社会だったんだよ。僕は『プルターク英雄伝』に出てくる権力ドラマを目の当たりにする思いだった。

——ノイローゼになった子もブルジョアだったんですか。

前は二組で君臨しとったんで、やっぱりブルジョアの息子だったね。ただね、大連一中に入ってからは、クラスに多少人気のあるやつとか、多少腕力の強いやつとかおったけど、クラス全体を支配するようなやつはいなかったもんね。だから南山麓小学校は特殊な小学校だったと思うね。ものすごく政治的というか、権力意識がものすごく強いブルジョアというか、有力者の子どもたちがいた。えらいところに行ったのよ、僕は。

それとは別に、『プルターク英雄伝』なんか読むとね、ああいう英雄のレベルでものを考えるようになるわけだろ。「燕雀安んぞ鴻鵠の志を知らんや」（燕や雀のような小さな鳥（小人物）に、大きな鳥（大人物）の志は分からない）ってことになるでしょ。要するに、同級生に対して、「シーザーがね」とか「デモステネスがね」とかね、そういうレベルの話ができない。だから僕は同級生と精神的にすごくギャップができたわけだね。そういう事を話せる相手がいなかったからね。だから結局、それから精神的な孤立みたいなのが始まったんだよ。

唯一、それを埋めてくれるのが物語の世界だったね。だから結局、少年時代は本の世界が自分の世界だったんだね。学校は我慢するところだった。一応僕は成績は良かったもんだから級長に何度もなって、認められてはいたんだけどね。結局、ブルジョアの子たちは僕を仲間には絶対入れてはくれなかったけど、僕の存在は認めてくれていたかな。

それとね、僕は走るのは速くてね。だから大連の小学校の対抗試合の時、リレーで四人の走者の一人になった。そして優勝したのよ。あとね、剣道も相撲も僕は強かった。剣道は団体戦で選手が五人いるでしょ。六年生の時に関東州の小学校の大会があって、決勝戦までいったの。決勝戦を含めて四試合ぐらいあったんだけど、僕は自分の番は全部勝ったの。決勝戦では旅順小学校と当たった。二対二の接戦で大将戦になって、僕らのチームの大将がNだったんだよ。Nが相手の旅順小学校の大将を足をかけて倒してね、上からお面、お面とやったの。そしたら相手の大将に下から小手を入れられてね（笑）。それで旅順小学校が優勝したんだ。Nのやり方は審判にも印象が悪かったんだと思うよ。足をかけて倒してね、上からこう行くでしょ。それで相手に下から小手入れられて、「小手あり！」って。やっぱり印象悪いよ。

その旅順小学校で大将だったやつは大連一中で同級生になって、仲良くなったの。それでその時の剣道大会の話になって、「Nの馬鹿が、いい気になって」って言いよったけどね（笑）。

——ブルジョア層に対する渡辺さんのイメージはそこで作られたんですね（笑）。

ああいうブルジョアの子どもというのは、いわゆる戦前の支配者で、戦後はいなくなったと思うけど、とても苦労したのよ。動物の世界でもペッキング・オーダーとかあるでしょ。まあお猿さんの世界にもあるわけだし、人間性の一つなんだろうけどね。僕は大連一中でも級長やらされたけど、とにかく統率力がなかったのよ。例えば号令かけて並ばせなきゃならんわけだけども、後ろの列にいる大きいやつがすっと飛び出してみせて、私をからかうのよ。自分でも情けない級長だなと思いよったけどね。だから私はそういうふうな親分をするとか大将をするとか、全く自分に能力がないというか、合わないことだとずっと思っていたんだよね。大将をするとか、手下や子分を作ろうとか思ったことがない。まあ、人間には人徳というのがあって、自ずから人が慕ってくる、その人を立てたいと思われるということはあるんでしょうけどね。

例えば、「水俣病を告発する会」を一緒にやった松浦豊敏さんとか、そうでね。自分でもやっぱり大将とか親分として、人の面倒見ることが好きな人でね。一時なあ、「水俣病を告発する会」が松浦組みたいになったもんな（笑）。それで「カリガリ」でみんなで椅子に座ってるでしょ。ちょうど東京のチッソ本社を占拠した後にテント張っていた時ね。松浦さんが一週間ばかり東京に行って、カリガリに帰ってくるでしょ。そうすると、椅子に座ってた若い連中がみんな席を立って、「親分、お帰りなさい！」って感じだったもんな。だから松浦さんみたいな人は、生まれついての親分肌だけど、私には全くそれはないんだよな。

――人を率いるタイプではないってことですか。

そういうタイプじゃないな。まあ議論はするけどね。議論して、こうしようとか、こうしなきゃいかんとか言って引っ張っていくけどね。それは議論上の、あるいは思想上のことでね。だからこないだのような僕の卒寿を祝う会なんてのもさ、僕には似合わないのよ。もうずっと尻がこそばゆくて落ち着かかん（笑）。

僕はやっぱり男性との関係がうまくいかないんだな。僕は常に非常に親しい男の友人を求める気持ちはずっとあるんだけどね。これは小さい時からあってね。もちろん、ずっとそういうふうな親友というのはいたわけだけど、親友だと自分では思っていたようなそういう関係でもね、結局は、やはりなんか儚いというか、信じられないものというかね。そういうふうに、なんていうんでしょう、すべてがお互いに以心伝心になるような関係は、僕の場合は男とはなかなか難しいんですよね。だから昔から、「君子の交わりは水のごとく淡いのがよろしい」と、言われているんですよ。「淡々たる事水の如し」という感じで、深まるとかえって喧嘩するんですね。そういう事の繰り返しで、「こういうやつだったか」となったりしてね。ただね、僕は、若い頃から女性ともどうも折り合いが良くなかったの。

――女性ともですか？

うん。母とか姉とかね、そういう家族は別だけど、つまりどういうのかな。女の人は怖いって感じだね。怖い。寄りつけないって感じだったし。まあ戦後に共産党に入ったり、いろいろと雑誌を出したりしてきたんだけど、当然そういう場には年上の女性がいるんだよ。私はその頃まだ二〇代前半だったからね。戦前からそういう運動をやってきた女性たちがいて、私より一〇、二〇歳ぐらい上の人なんだけど。そういう女性たちが、後から聞くとね、悔し泣きしたって。僕が何か言ったらしいんだよ。僕が何か言って、悔し泣きしたって。そういう話を何べんか聞いて、「へーっ。何言ったのかな?」「何が悪かったのかな」と思いよったのよ。

——何をおっしゃったかも覚えていないんですか。

まったく覚えてないんだよー。そんな悪いこと言った覚えがまったくないんだよ、こっちは。ところが最近はね、女の友だちばかりになっちゃってね。女性との関係が急に良くなった(笑)。どういうわけだろうかと思うんだけどね。

——さっきずっと精神的な孤独という話をされていたと思うんですが、石牟礼道子さんも「私はずっと孤独です」っておっしゃってましたよね。

僕の孤独は、あの人の孤独とはちょっと違うかもしれんなぁ。石牟礼さんの孤独はなんと言うんでしょう。自分の周りの人たちがどうだったからという事じゃないんだよ。石牟礼さんは、お父さんも、お母さんも彼女を可愛がって関係が良かったし、兄弟の中でも「姉ちゃん」って慕われてたしね。同級生とも関係が良かったし、いろんな才能があったから先生からも全部可愛がられてるわけだからね。彼女はやっぱり人間存在の哲学的、実存的といった、そういうふうな孤独なんでね。私のとはちょっと違うのよ。私はそういう、根源的な孤独というのはあまり感じない方でね。まあ友達が一人二人、あるいは恋人でもいれば、それで結構なわけでね。

――それでも渡辺さんも、ずっと孤独を感じてきたんでしょう。

それは娑婆に対してなの。僕の場合の孤独は娑婆に対して。人間の娑婆に対してそうなんであってね。石牟礼さんみたいに、人間という生き物、生命と言ってもいいんだけど、生命そのものの孤独さとはちょっと違うと思うね。だから僕の場合はまあ友達がいて、特に女の恋人がいて。まあ、恋人は女だよね（笑）。

――男の人ってこともありますけど（笑）

まあ、そういう恋人がいれば、それで癒されるっていうんだから、私の孤独は簡単なのよ。そんな深刻じゃないの。

――でも、さっきおっしゃった精神的孤独というのは、今もずっと続いているんですか。

そんな事もないよ。僕はそんなに孤独じゃないよ（笑）。やっぱり小学校から中学にかけての精神的孤独というのは、つまりね、自分が関心のある、興味がある事について話ができる人がいなかったというわけ。中学の三、四年になったらやっとね、そういう話ができる友達が少しできたけどね。

例えば、中学校の時に下校してて、あまり親しくないやつと道連れになったりするでしょ。すると気を遣いよったわけよ。「なんの話をすればいいかなぁ」って。これはトーマス・マンの『トニオ・クレーゲル』にあるんだけど、要するにトニオの友達はさ、例えば馬とかなんとか、そんな話ばっかりして、トニオのような芸術的な関心なんてないんだよ。で、トニオはあんな普通の男の子になりたいって思ってるわけね。だって、トニオが憧れている女の子が好きな男の子は、そういう普通の男の子なわけでね。健全な者同士で。で、トニオはそういう孤独を感じている。まあ、私の孤独はそういうものでね。自分が関心のある精神的な事とか、文学に対しても、何にしても、そういうことを話せる相手がいない。で、少年らしい普通の話題ができない。そういうことに過ぎなかったと思うんだけどね。

石牟礼さんの場合はそんなんじゃなくて、やはり人間であること自体の罪深さみたいなものを感じとってるわけだからね。私とはそこが違うと思うんだね。

——孤独という意味で重なり合うところはなかったですか。

重なり合いはしないな。別にな。ああいう人は要するに、自分に徹底的に奉仕してくれる人が欲しいわけですよ（笑）。

——繰り返しになりますが、石牟礼さんの孤独と渡辺さんの孤独ってまったく重なり合うことはなかったですか。

俺はあまり孤独じゃないもん（笑）。年取ってからも、孤独ってことはないねぇ。ただ要するに、案外、僕という人間はね、人との付き合いが好きな人間でね。人と会ってる方がいいんですよ。だけど、石牟礼さんはそれがなくても良かったんだと思うよ。

——どちらの孤独が深かったんですか。

そりゃあ、石牟礼さんの孤独の方が深いよ。僕は世間とあまり合わんってだけの話だから（笑）。でも、ちゃんと合う人はいるよ。友達もいるわけだから。それでいいだけの話で、大した問題じゃないのさ。そしてね、人間が孤独だなんて言い出したらきりがないからな（笑）。そんな事は分かりきってることだし、子どもじゃないんだから。自分の事で考えてみれば、例えば自分が人のことを気にして想いをかけていたってさ、結局は自分が可愛いわけだからな。そんな事は年取ったらある程度わかるわけだから。それを前提にしておけば良いだけの話で、とりわけぎゃあぎゃあいう事はないんでしょうね。ただ、人間の場合は、孤独というよりもやっぱり死という問題があるからね。この死という問題を抱えた時に、そこでやっぱり本当に孤独という問題が出てくるんですね。「それぞれが一人一人、個である」というあり方しかできないというようなね。これが一番大きな抱えてる問題なんですよ。これはまあ、生物がそうなんだけれど、生物は一つの種として存在するんだね。生物の実在は、ある種であるということ、ホモ・サピエンスであるということが存在の根本だけど、その中でも全部、個体に分かれてるわけでしょ。その個体がお互いに通じ合えない。個と、種という全体存在の永遠の課題であるわけだからね。

――渡辺さんが雑誌を作ったり、「告発する会」を作ったり、いろいろやってきた中で、その個というものを繋げようとする気持ちがあったんですか。

僕はずっと仲間を常に欲していたね。だからまあ小学校の時からも、一人か二人、親友はいたしね。でも、難しいなあ、その親友でもなあ、苦い思いをしたもんなあ。だから親友と思っていてもね、ある程度で見切りがついて失敗しない、もう大丈夫って思うようになったのは六〇歳過ぎてぐらいだなぁ。それまではやっぱり、ある人間に思いをかけて、しかし、勝手な話だけど、裏切られる。まあ、これは裏切られるったって、こっちが思ってるだけのことなんだけどね。いろんなこととの繰り返しがずっとあったんだけど、六〇歳を過ぎてからなくなったな。そういうのが。

で、まあ誰でもそうだろうけど、それぞれ娑婆に出て、隣近所、あるいは職場、あるいはいろんな趣味のクラブでの知り合いとか、そういう自分の友達ができていくんだけど、つまりこの社交というのが世の中には一つあるでしょ。これは好き嫌いを乗り越えて、自分が商売するならそこのところで付き合いをしなきゃならんわけだしね。例えば学校の教員だったらさ、学校の同僚がいて付き合いをしなきゃならんわけだし、職場なら職場で、自分の職場の人間と付き合わなきゃいかんし。そういう社交というのがあるわけだけど、それ以外に自分の本当の友達というのができてくると思うんだよね。そういう友達の世界というものを、単になんとなく仲良くなっちゃったというだけの話で済ませるのか、仲良くなれる人間というのが、ある一つの志向性を持っていて、何か一緒に何事かをやる仲間になれるのかということなんだけども、本当はそういうふうに、何か一緒に物事がやれるなぁという、そういう仲間が作れて、その仲間の中で生きていけたら良いんですよね。もうそれ以上のことは望めないんですよ。

――渡辺さんは水俣病闘争時代に、日記の中で「ヤダヤダヤダ」、「もうやめたいやめたい」という事を書きながら、その運動を率いていたわけじゃないですか。どんな気持ちだったんですか。

まあ、「告発する会」の人たちは良い仲間たちだったからね。僕はいろんな集団に入って、いろんな集団を作りもしたし、その中では「告発する会」が一番良い仲間だったと思っている。だから良い連中で、嫌なことが比較的少なかったとは思うんだけどね。ただ、「告発する会」というのも一つの運動だからね。あの、どう言ったら良いかな。例えば、会議をするでしょ。会議をすると、僕は人をやっつけるんだよ（笑）。やっつけないと自分の方針が通せんからね。厚生省を占拠する時だって、あるいはチッソ東京本社占拠する時だってさ、皆が和気藹々とそうしましょうとなったわけじゃないんだよね。だからその方針を通す上で、議論して決めないといかんので、議論しながら相手をバカとかクソとか言って、やっつけるわけね。とにかく気が立っていたからだろうけど、あの頃は誰と喧嘩しようが平気だったんだよね。

チッソの第一組合の委員長していた岡本達明というのがいたんだけど、年は私より三つぐらい下でね。彼が一度熊本まで出てきて、「告発する会」の代表をしとった本田啓吉さんのところで三人で話をした時、僕が彼をさんざん罵倒したのよ。そしたら本田さんが「この人はこういう言い方をする人だから」って言いなはったわけだよ（笑）。その後、岡本がわざわざうちに訪ねてきて「俺はそんなに悪いやつじゃない」って言い訳しにやって来た（笑）。そういうことが重なってきたわけでね。水俣病闘争も最初は自分がやりたいと望んで始めたことじゃないからね。本当は自分の内部に沈潜した静かな暮らしをしたかった。

——でも、「やりたくない」と思っていたけれども、やっぱりどちらかというと一番渡辺さんがエネルギーを注がれていたような気がするんですが。

それはまあ、「告発する会」はもう一緒に死ぬぞ、みたいな感じがあってさ。突撃して。それが一番良かったんだよ。

——それってやっぱりファンタジーの物語の世界と重なりませんか。

いや、それはちょっと違う。それは興奮してるわけね（笑）。まあ政治的な運動だからね、一つのね。政治的な運動だから、やっぱり精神的な、なんていうのかねぇ、精神的な充実みたいなものとは程遠い世界でね。もう切った張ったの世界でさ。とにかく、土本典昭（映画監督）なんて一回俺に、「表に出ろ」なんて言ったことがあってね。あの人は本当は優しい人なのよ。黒メガネをかけていたのは、眼が優しいもんだから隠すためなのよ。黒メガネをして、強いふりして。そうやって、お互いもう喧嘩しまくったわけだから。本当はそんなことは望んでなくて、静かな暮らしがしたかったのさ。本当は。集団的にね、ワイワイやるようなことも、僕はあまりやりたくなかったんだよね。

やっぱりね、どうしても左翼運動の中の住民運動みたいになっちゃいがちだから、どうしても左翼的なありきたりの、左翼のルーティンみたいな決まり文句みたいな考え方が入ってくるんで、絶えず戦わないといけなかったんだよね。しんどい話だよね。だから本当は静かに本でも読んで暮らしたいのにね。人を罵ってみたりね、説得してみたりね。説得せにゃいかんからな。罵るだけじゃいかんから、おだてもしないといかんし（笑）。

――何のためにそこまでやっていたんですか。

なんのためかって？「チッソ粉砕！」「闘争勝利！」です（笑）。

――ところで、渡辺さんの著書『さらば、政治よ　旅の仲間へ』（晶文社）という本に「私は十六、七歳のころから革命の夢にとり憑かれてきた」と書かれてるところがあるんですが、渡辺さんの革命の夢ってどういうものなんですか。

それはね、十六、七歳なんて子どもだからさ、社会的な矛盾とか腐敗を知るはずはないんだけど、例えば北京時代の小学二年、三年の頃は、ちょうど日中戦争が始まった翌年だった。まあ、表面は日本占領下で、北京市民たちはそれに大人しく従っているような状況で、特に反日運動みたいなものに出合ったことはなかった。その時の日本の考え方は、要するに日本が中国と戦争してるのは、中国のためにやってるんだという建前だったからね。だから要するに、蒋介石が米英からそそのかされて、それを懲らしめるだけの話で、日本は中国のためにやってるんだっていう建前なのよ。つまり聖戦というかね。ところが現実には、北京にも料理屋があって、戦争成金がドンチャン騒ぎやって芸者あげてワーワーやってるわけだ。例えばそういうのが目に入るでしょ。そうすると「兵隊さんは苦労してるのに、こいつらはドンチャン騒ぎしやがって」と、子ども心に思うわけ。子どもだから社会のことが分かるわけないけども、やっぱりなんだか世の中腐敗してるんじゃないかなと思う、俗世間はね。大東亜共栄圏という理想のために真剣にやろうと思ってるのに、一方では腐敗してるんじゃないか、というのがあってね。ま、こういうのはファシズムの理念だよね。

僕は子どもの時から、ヒトラーの伝記やムッソリーニの伝記を読んでいたんだ。ムッソリーニなんてのは社会党出身だからね。反戦主義者で非常に過激な社会主義者出身だからね。そんなものを読んで、現実の姿婆は必ずしも理想的ではない、腐敗している面があるんだという思いが出来たんでしょうね。あの頃の小学生は、天皇陛下の日本を美化して考えていた。日本のような理想的な社会を世界中にもたらさなきゃいかんというのが、当時の皇国少年の理念だったからね。そういうものが変形して、革命の夢みたいなものになったんだと思うね。戦後共産党に入ったのも、全くそうなんだよね。

だけど、僕の場合、もし本がなかったら、本当になんというか、支えがなかったと思うねぇ。私は大連の小学校時代にかなり厳しい思いをしたわけだけど、その時、自分を支えてくれたのは、やはり本の中に出てくる精神世界というかね、そういうものだったと思うねぇ。だから僕は物語の世界で生きていたんだよ。

——本は今でも支えになっていますか。

今はね、ちょっと違うと思う。まあ、そういう場合もあるけどね。ま、さっき話に出た『夢ひらく彼方へ』という本にファンタジーというものの一つの効用を書いときましたけど、これは今でもね、こういうファンタジーを読むとね、リフレッシュされるというか。特にあの、ファージョンの話がいいんだよね。ファージョンの話なんか読むとリフレッシュする感じがありますけどね。でも、今はないならなくてもいいんです、自分の自己形成の上でね。

――水俣病闘争時代の日記にも、『ナルニア国物語』をあらためて読んだって記述がありましたよね(笑)。ところで、渡辺さんは本を読めなかった時期ってありますか。

無い。無いねぇ。ただ最近なかなか読めない。読む力が落ちてる。面倒くさいところを読みたくないんだよ。幕末維新の資料は昔かなり読んでいるんだけど、それをね、全部忘れてるから、また、前に読んだのを引っ張り出して読み返してる。すると、あちこちに線を引いてるんだよね。今なら「もうややこしいー」と思うところをね、ちゃーんと昔読んでるのよ。でも、今はもう読みたくないんだよね。だから、もう斜めに読んでいる。つまり資料としてはね、幕末の意見書なんかは、もう実に長々しくて冗長でね、回りくどい文章なんだよ。それを全部読んでちゃんと線引いてるんだよ。今はもう辛抱ができなくなってるからね。本当に読書力が落ちてますね。もう、頭も悪くなっちゃって、そして人名を忘れてるし。人名を忘れるのが困るね。ほんとに。

――渡辺さんの著作『さらば、政治よ』には、「精神の革命」という言葉が出てくるんですが、今も革命の夢に取り憑かれてるんですか。

いやいや、今はもうないですね、いわゆる「革命」というのは。あのね、ま、必要とするのは、精神的な革命というかね。世の中の娑婆というのは、例えば、政府があり、県庁があり市役所がある。これは変わらないし、変わりようがないですよ。あるいは国会があり県議会があり、市議会があるんだけど、これも変えようったって、なかなかできないですよ。

一つの考え方としては、マルクスがパリコミューンでヒントを得て、レーニンが『国家と革命』で書いているわけなんだけども、つまり国政というものは、普通の市民や素人が持ち回りでやればいいんだというような、そういう理念ってあるでしょ。だけど、それはこんなテクノロジカルな世界ではできない。現代の社会というのはね、専門家がいないとね、もうそれこそ停電しちゃう。停電だけに限ってもね、だからこのテクノロジカルな社会ではね、やっぱりテクノクラート、あるいは統治官僚というのかね、そういう専門家が絶対必要なわけなんですよ。そしてまた、政治のあり方を見ても、直接民主主義なんて言っても出来ようがないわけですよ。いずれもやっぱり代議制、投票による代議制を取るしかないんですね。

それで、考えてみたら例えば自由民権運動の時代には国会、議会というものさえ開かれたら、もうすべてが解決すると思っとったんだけどね。そしていまだに議会とはなんぞやとか国会でやっとるけどね、議会なんて便法に過ぎないわけだよ。どんなにやってもね。だから娑婆の仕組みというのはいろいろ考えても、それから経済組織にしても、今の自由な企業社会ね、言ってみれば市場経済ね。これも基本的にはね、どうしようもないんじゃないかと思うのね。もちろんそこでは、そういうものに対する一つのセーブをかける、制限をかける、あるいは修正をかけていくというのは必要なんだろうけどね。こういうのが経済的には一番理想的な社会というのは、なかなか設計できないと思うんですよ。お互い衆知を尽くしてさ、やはり今のような資源浪費型のね、こういうふうな社会の、文明のあり方というのが、だんだん修正されていくというのはあるでしょうけどね。だけど人間の、実存的なあり方というのは、娑婆の仕組みがどういう仕組みであるか、社会がどういうふうなシステムを取っているかと、そういうことと必ずしも直結しないんですよ。

もう一度ちょっと整理するとね、要するにいわゆる社会の問題、今の社会組織、経済組織あるいは政治組織、そう言ったものをどう改善するかってことは、それは考えなくちゃいけない面があって、改善すべき点があるでしょう。だけども、その点はどう考えてもどう間違っても、ある種の経済組織、ある種の統治組織、ある種の行政組織、そういうものはね、一つの理想というものがそこでは実現はできないのであって、こうするのが次善の策であろうというふうな、この辺でなんとかやっていくしかないだろうというものしか作れないんですよ。

そうすると、自分というものがこの世に生まれてきて満足するような人間のあり方というのは、一人一人が独立するしかないんですよ。一人一人が独立してね、自分の主人公になってね、そういう本当に独立した人間がある地域を介してね、地域というのは土地、土地は自然ということでもあるけれども、そういうものを介して、お互いが結びついて、その地域の生活を守り抜いていくということしか無いんですよ。

要するに、僕らは自分自身をまず独立させることなんですよ。それはどういう意味かというと、自分の考えを持つことなんですね。自分の考えを持つ。僕らはすぐ社会的な流行に侵食されてしまう。例えば話し方自体も、すぐに社会の流行に影響を受けてしまう。例えばこれは一つの話し方なんだけども、「〇〇がー、〇〇してー」というのがある。こういう言い方は、三〇年前、あるいは二〇年前にもなかったんですよね。で、あっという間に、今は全員がそれでしか話せなくなってるでしょ。こういう言い方だけは絶対俺はしまい、俺一人だけでもすまいと思うことですよ。

それからまた、テレビなんかで、いろんな感想を市民に喋らせるわけだけど、ま、お偉いさんというか、大学の先生とか政治家あたりが、あるいはお役人がね、抽象的な言葉を使ってね、わかりにくい格好つけた表現するのは仕方ないけれども、普通の庶民が、そういうふうなお役所言葉、あるいはテレビ言葉っていうかね、実に日常では使わないような、普通の言葉で言えばいいことを、何かお役所言葉みたいなものに言い換えて、抽象的な非常に持って回った表現になって分かりにくくなっている。何を言いたいのかなと思うね。そういうふうにね、つまり言葉が生活語から遠ざかってきてるんですよね。

生活語というのは、昔は庶民は学問がなくても、適切な言葉遣いができていた。無学な学校行ってない庶民ができていたんですよ。例えば、肥後弁なんかまさにそうでね。例えば、相手をからかう時は「いさぎ」って言うでしょ。「いさぎいこつ」って言うんですけど、これだけで「ご大層なことで」みたいな冷やかしの意味がある。そういう言葉が状況に応じて、適切に昔の庶民は使えたんですよ。それが今はなにか抽象的で、曖昧な言い方になってね。「―的には」なんて学者のなり損ないみたいな言い方をする。むかしの庶民は「―的」なんて絶対に言わなかった。それに対して、自分だけはそういう話し方はしまい、お役所言葉は使わないぞ、絶対にと覚悟することが、自分であることなんです。

もっと言葉を自覚して使うようにしたい。例えば昔は「予想外」といったのを今はみんな「想定外」という。想定というのは予想よりずっと役人くさい、技術者くさい言い方です。あえて言えば傲慢な言葉です。というのはわれわれみんなは半ば役人根性、技術者根性になっているということですね。

自分の頭で考えるということは、コモンセンスで考えることなんです。コモンセンス。つまり普通の良識です。生活する上での普通の理屈で考えればいいわけなんですよ、すべての事柄は。そうするとおかしい事は、いくら理論ぶって言ったっておかしいわけなんです。そういう健全な批判能力みたいなものをね、保持していこうというのが、自分が一人である事なんですよ。

それでね、今は妄想の世界じゃないかと僕は思うのね。要するにこれは、ネットの世界がそうなってるんだけど、そこに入らないということは自分の決断でできることなんですね。うわさや偽の情報の類いが飛び交っているネットの世界に入っていけば大変だと自覚してほしいね。

今の犯罪はすべて妄想犯罪じゃないかと僕は思うんだよ。妄想に取り憑かれているというかね。

この前、友だちとタクシーに乗って創価学会のことを話していたら、六〇代ぐらいの運転手が、「池田大作は韓国人ですもんな」って言うのよ。その次は「自民党の若手の議員も韓国人が多いですよ」って。そして「山口県選出の自民党議員はほとんど韓国人です」だって。そしてね、「あいつらはね、三代前から戸籍を改作してます」「新聞は全部知ってますよ、そのことは。知ってるんだけど書きません。なぜならそいつらから株を押さえられていますから」って。もう、ものすごい妄想だよね（笑）。そんなことを運転手が僕に真面目に言うんだよ。でね、面白いのはね、反自民でありながら反韓国なんだよ。

——すごいことになっていますね（笑）。

その話をある人にしたら、「ああ、そんな話はネットにゴロゴロしてます」って言うのよ。俺はそんなこと知らんからね。「そんな話は驚くことじゃありません」って言うんだよね。そうすると、これは妄想の世界だよね。妄想の世界で、『シオンの議定書』どころじゃないわなぁ。そういう妄想の世界は、これは普通の常識、普通の理性で考えれば、なんでもなく抜け出せることなんだよね。どうしてその普通の理性がいかれてしまうのか。だからそういうネットの世界なんかに入り込まないこと。それは自分でできる。自分が自分の主人公として独立する。そして、自分の考えは決して独創じゃないんだよね。これまでご先祖様が言ってきたこともあり、偉い人が書いている言葉があり、いろんな事で学んでいるんだけど、それでも自分が考えることは自分の理性で自分自身で考えていることだと言える世界を持つ事。これが自分になることね。

今度のファンタジーの本『夢ひらく彼方へ』で例をあげたけど、チェスタトンの「ノッティングヒルのナポレオン」に出てくるような、ノッティングヒルの小さな街角ね。その街角にはいろんな店が一軒ずつ揃っていて、そういう小さなストリートがあるでしょ。ポンプストリートだったかな。そういう小さな街角のような、あるいは小さな村であるとか、小さな地域であるとか、今はそういうものが崩壊してしまっている。本当に自分がここの住民だと言う自覚が持てなくなっている。昔は持てたんだけどね。それは本当の自分が成り立つ地盤なんだよ。

足尾鉱毒事件があった谷中村ってあるでしょ。谷中村は滅んで、あとはもう遊水池にされてしまった。その後も一六家族ぐらい残って、最後まで田中正造はその人たちと谷中村にずっと居残って村を保存しようとしたわけね。つまり田中正造は、この谷中村に日本がある、国があると考えた。谷中村が滅びる時は亡国であると、日本の国は滅びるんだと考えた。で、結局は強制排除されてしまうんだけどね。そういうふうな、「これは自分の国である、これが自分の国である、この国が滅びる時は日本という国、あるいは人類という国も全部滅びるんだ」という、そういうふうなものがなくなっている。つまり自分は一人である、自分は自分の考えで生きている、国からも支配されない、いわゆる世論からも妄想からも支配されないというあり方ができるのは、自分がある土地に仲間とともに結びついていると感じるからなんだ。ところがそういう基盤がなくなっているからね。自分が生きている土地に相当するのは、自分がともに生きてきた仲間なんだよ。自分がこの世の中で自分でありたい、妄想に支配されたくないという同じ思いの仲間がいる。それが小さな国である。自分が自分でありたいという自分と、同じく自分が自分でありたい人たちで作った仲間が、小さな国になっていく。そういうものをしっかり作るということが僕の思う革命なのさ。それ以外はない。

——それはいわゆる「告発する会」の自立した個として戦う、という渡辺さんがあの時の運動方針として掲げたものとすごく重なりますよね。

うーん。でもあの頃の僕はまだ未熟だったからな。いま言ったような思いまでには至っていなかったな。

——でも、渡辺さんのそういう考えは「告発する会」から始まったような気がするんですけど。「告発する会」をしよったあのころは、まだ訳が分からんだったたったい（笑）。でも、「告発する会」から始まったのは事実だな。でも、そういう思いが始まったのはいつかって考えてみれば、共産党を出た時からすでに始まっていたな。だけど、私はね、この前、皆さんから卒寿を祝っていただいたけどね。了見が狭いのよ（笑）。根性が悪いの。「ほんとかな、ほんとかな」って思うの。「本当であるはずがない、本当かな」と思うわけよ。私はそんな人徳なんてないしね。みなさんが優しいからね。僕は常にね、なんと言うか、人がせっかくいい気になってるのにさ、いい気になって幸せでいるのにさ、それを揺さぶるような人間じゃないのかな

（笑）。

――でも、渡辺さんが言う「自立した個」というような考えはどこからきたんですか。大正行動隊をやった谷川雁さんですか。

それは吉本隆明さんだよ。谷川雁じゃないな。谷川雁というのは非常に才能があって、刺激を受けた点はあるけどね。僕はあの人には納得していません。やっぱり日本のインテリのね、古いインテリの、旧制高校生というか、ああいうインテリの典型だと思いますね。というのがもう、彼は天才主義だもんね。もう徹底した天才主義だね。「瞬間の王は死んだ」って言うけどね。だから、あの人はやっぱり特殊なんだよね。一度雁さんが僕に言ったことがあるの。「渡辺くん、人間はね、頭から生まれてくるんだよ、逆さまになって生まれてくるんだよ」って酔っ払ってさも悲しげに言ったことがあるんだよ。ああいう時は良かったけどね。

――吉本さんのどういうところから「自立した個」というのに繋がっていくんですか。

吉本さんは自立、みずから立つと言っていた。吉本さんは常にね、何が本当か、何が嘘かと、ずうっと考えていた人なのよ。あの人は厳しいのよ。嘘とか真とかに。僕はそんなに厳しくないの。あの人の真、嘘は本当に厳しいのよ。しかも、自分の子どもに優しかった。俺はびっくり仰天したね。そして学生にも優しかったね。僕みたいな生意気なやつには厳しくて、ピシャッと何回もやられたけどね（笑）。一橋大学新聞に吉本さんが丸山眞男論を書いていたんだけど、その原稿を編集部の学生がずっと取りに来ていたの。吉本さんはその学生に実に優しかったね。僕にも優しくしてよと言いたかったね。僕には生意気な野郎だ、こいつは一度頭を押さえとかないとと思ってたんだろうね。ああいう優しさは私にはないね。あんなふうに人に優しくしたことはないなぁ。とにかく吉本さんの著作と人柄から、何が嘘で何が本当かを学んだ。

——渡辺さんにとって「告発する会」が一つの出発点だったとすると、思想家としての渡辺さんにとっては、水俣病闘争はどんな意味を持っていたんですか。

それはさ、まあ民衆の闘争、反権力闘争っていうかね。そういうのがどういう根拠を持ちうるかという事についてでは考えを深めたと思うね。苦い経験もしたし。民衆っていうのは持ち上げたらダメなのよ。

——民衆を持ち上げちゃダメというのは、どういう意味なんですか。

基本的にエゴイズムなのよ。当たり前だけど。そりゃ自分を考えたら分かるけどね。エゴイズムだし人を妬むしね。だからやっぱり吉本さんの大衆の原像なんだよね。大衆の真の姿という意味ね。呉智英っていう評論家がいるでしょ。彼が吉本さんが死んだ後、本を出して「俺は大衆が大嫌い」というわけよ。大衆というのは愚民であって、それを美化するロマンティシズムだと言って、吉本さんの大衆論を散々冷やかして批判してるの。でも吉本さんが言ってるのは、それこそ大衆の原像であってね。滅多にいないような大衆なんだよ。で、やっぱりそういう人がいるんだよ。品がいいというかねぇ、本当に神様みたいだなという人が、たまにね。たまにだけど、それは原像といったふうに理念化できるんだ。

――渡辺さんの著作『死民と日常』（弦書房）の中に、水俣病闘争について「敗北した闘争がひとつの思想を生み落すことがある。その思想として形成されたひとつの経験は、地上から抹殺された闘争がいまだ表現されぬ闘争へ向けて架けた幻の虹といえる。」とありますが、この思いは今もありますか。

いやいや、水俣病闘争はやっぱりある意味で失敗に終わったというか、破綻した、失敗した闘争だったとは思うね。だけどまあ、チッソ本社を占拠してやったからなぁ（笑）。大資本を揺さぶってやったからなぁ。チッソは逃げ出して他に事務所まで構えたのよ。

――でも、やったことに後悔はないですよね。

うん。「やったぜ。やったぜ」ってのはある。あのアイデアはね、左翼がみんな「あっ」て言ったのよ。そりゃ中核にしろ革マルにしろ「あっ」と言ったのよ、「こういう手があったか！」って。

――チッソ本社や厚生省を占拠することは、渡辺さんにとって、どんな意味を持っていたんですか。

新聞の一面トップになるからね（笑）。裁判をやってるから、それだけやってれば良さそうなものだけどね。だけど、あれをやったからやっぱり雰囲気は違ってきたよね。まああれをやらなくても裁判は勝訴しただろうけど。でも、あの時はカンパは来るは、差し入れは来るは、全都民の支持を受けたのよ。

――やっぱりそのためには注目を浴びる必要があったんですね。

全都民の支持を受けた。僕は戦争上手だったのよ（笑）。というのは宣伝煽動が上手。そういう意味では、水俣病被害民の思いを天下に伝えられた。それは裁判だけじゃできなかった。

しかしまあ。水俣って要するに、難しかったたい。例えばチッソ労働者なんてのはね、困った立場だったと思うよ。水俣出身の人で石牟礼さんの俳句について論じて、何か賞をもらった人（武良竜彦氏、第三九回現代俳句評論賞）がいるのよ。この人が最近、手紙をくれた。自分の作った童話を入れてきたんだけど。要するにその人はね、チッソ労働者の息子なの。ところがお母さんは漁村出身で、一族はみんな水俣病にやられてるの。でも、自分はお父さんの給料で育ってきたわけで、非常に矛盾した気持ちを持っていたわけなんだよ。やっぱり難しいですよ、地域住民の気持ちは。複雑だったと思う。だから地域の住民がさ、やっぱりチッソを弁護したいような気持ちも分からなくもない。根が深いですよね。チッソだってさ、わざわざ毒殺したくてしたわけじゃないからな。結局垂れ流しといて、あれがあんな結果になると分かっていたわけじゃないからなぁ。

――あらためて渡辺さんは水俣病闘争に何を求めていたんだと思いますか。

それは、この世に正義が行われんことを求めました！（笑）。

――なるほど！　でも、本当は何のためにあそこまでやったんですか。

それは石牟礼さんとの関係たい。

――いや、それだけではないような気がしますけど。渡辺さんの思想家としての闘いというか。

「告発する会」をやり出したらな、それまでの左翼運動とスタイルがまったく違っとったからな。意識してこれまでの左翼運動とは違ったスタイルでやったから。そこを打ち出したかったというかね。

――そこを打ち出したかったと言うのは大きいですか。

それはそうよ。やるからにはそうよ。

――「告発する会」をやっていた時、やっぱり仲間を作りたかったという意識があったんじゃないですか。

でも僕はいっぺんみんなと切れちゃったからね。

――でもその当時は、渡辺さんにとって仲間というものが大事だったわけでしょ?

「告発する会」をやっていた頃? 仲間が大事だったかってこと? それは大事だよ、大事。だって、突撃してもらわなきゃならなかったからね(笑)。あの頃、勤めをしとったやつなんか、首がかかるわけよ、首が。僕みたいな浪人は平気だったけど(笑)。学生も首はかかっていない。

――学生だって未来の首がかかっているじゃないですか。

いやあ、学生は大したことない。「告発する会」やった学生でちゃんと出世したのもおるしね。熊本告発にいて、市役所の局長クラスになったのが二人いるのよ。まあ、厚生省の突撃部隊だった福元満治なんかは自分で出版社始めたけど、どっち道、役所勤めなんかできんだったと思うけどな(笑)。

(『アルテリ』九号(二〇二〇年二月)掲載)

あとがき

対談とインタヴューがたまったので本にした。一言で言えば、それだけの本であろう。ただ自分としては、いくつか言うべきことはあった気がする。

ひとつは石牟礼道子さんに関してである。没後、彼女についていろいろと書かねばならず、一冊の本に纏めもした（『預言の哀しみ』）。だが、求められれば話はいくらでも出て来る。この度は彼女の根源的な衝動について、大事なことをはっきり語れた気がする。

もうひとつは、私が若い頃からずっと続けて来た文学運動についての思い出話だが、谷川雁さん、吉本隆明さんのことも含めて、これもひとつの証言として語っておいたほうがよかった。

最後は最近の世相についてで、これはほんの糸口、ヒントくらいにしかなっていないだろうけれども、自分なりの思考の端初には立てたと思う。

それにしても無秩序に喋り散らしてみっともないったらありはしないけれど、何せ石牟礼さんが亡くなられてから、急に体力が落ちて歩けなくなり、しかも明らかにアタマに靄がかかって来た。醜態をさらすなという声も聞こえぬではないが、私は見栄を張らずに、たとえ衰えた頭脳であろうが、最後まで使い切りたいと思っている。

二〇二〇年九月

著者識

〈著者略歴〉

渡辺京二（わたなべ・きょうじ）

一九三〇年、京都市生まれ。熊本市在住。
日本近代史家。
主な著書『北一輝』（毎日出版文化賞、朝日新聞社）、『評伝宮崎滔天』（書肆心水）、『神風連とその時代』『なぜいま人類史か』『日本近世の起源』（以上、洋泉社）、『逝きし世の面影』（和辻哲郎文化賞、平凡社）、『新編・荒野に立つ虹』『近代をどう超えるか』『もうひとつのこの世――石牟礼道子の宇宙』『預言の哀しみ――石牟礼道子の宇宙Ⅱ』『死民と日常――私の水俣病闘争』『万象の訪れ――わが思索』（以上、弦書房）、『黒船前夜――ロシア・アイヌ・日本の三国志』（大佛次郎賞、洋泉社）、『維新の夢』『民衆という幻像』（以上、ちくま学芸文庫）、『細部にやどる夢――私と西洋文学』（石風社）、『幻影の明治――名もなき人びとの肖像』（平凡社）、『バテレンの世紀』（読売文学賞、新潮社）、『原発とジャングル』（晶文社）、『夢ひらく彼方へ　ファンタジーの周辺』上・下（亜紀書房）など。

幻《まぼろし》のえにし
――渡辺京二発言集

二〇二〇年十月三十日発行

編著者　渡辺京二
発行者　小野静男
発行所　株式会社　弦書房
（〒810・0041）
福岡市中央区大名二―二―四三
ELK大名ビル三〇一
電　話　〇九二・七二六・九八八五
FAX　〇九二・七二六・九八八六

組版・製作　合同会社キヅキブックス
印刷・製本　シナノ書籍印刷株式会社

落丁・乱丁の本はお取り替えします。

ISBN978-4-86329-212-3 C0095

渡辺京二コレクション 1～9

弦書房

名著『逝きし世の面影』（和辻哲郎賞）『黒船前夜 ロシア・アイヌ・日本の三国志』（大佛次郎賞）『バテレンの世紀』（読売文学賞）の源流へ。現代思想の泰斗が描く思索の軌跡。

1

江戸という幻景

近代批評集①

人びとが残した記録・日記・紀行文の精査から浮かび上がるのびやかな江戸人の心性。近代への内省を促す幻影がここにある。西洋人の見聞録を基に江戸の日本を再現した『逝きし世の面影』著者の評論集。

〈四六判・264頁〉【8刷】2400円　2004刊

2

【新編】荒野に立つ虹

近代批評集②

この文明の大転換期を乗り越えていくうえで、二つの課題と対峙した思索の書。近代の起源は人類史のどの地点にあるのか。極相に達した現代文明をどう見極めればよいのか。本書の中にその希望の虹がある。

〈四六判・440頁〉2700円　2016刊

3

万象の訪れ　わが思索

短章集

半世紀以上におよぶ思索の軌跡。一〇一の短章が導く、考える悦しみとその意味。その思想は何に共鳴したのか、どのようにに鍛えられたのか。そこに、静かに耳を傾けるとき、思索のヒントが見えてくる。

〈A5判・336頁〉2400円　2013刊

4

死民と日常　私の水俣病闘争

昭和44年、いかなる支援も受けられず孤立した患者家族らと立ち上がり、〈闘争〉を支援することに徹した著者による初の闘争論集。患者たちはチッソに対して何を求めたのか。市民運動とは一線を画した〈闘争〉の本質を改めて語る。

水俣病論集

〈四六判・288頁〉2300円

2017刊

5

もうひとつのこの世　石牟礼道子の宇宙

〈石牟礼文学〉の特異な独創性が渡辺京二によって発見されて半世紀。互いに触発される日々の中から生まれた〈石牟礼道子論〉を集成。石牟礼文学の豊かさときわだつ特異性を著者独自の視点から明快に解き明かす。

石牟礼道子論集①

〈四六判・232頁〉【3刷】2200円

2013刊

6

預言の哀しみ　石牟礼道子の宇宙 Ⅱ

二〇一八年二月に亡くなった石牟礼道子と互いに支えあった著者が石牟礼作品の世界を解読した充実の一冊。「石牟礼道子闘病記」ほか、新作能「沖宮」、「春の城」「椿の海の記」「十六夜橋」など各作品に込められた深い含意を伝える。

石牟礼道子論集②

〈四六判・188頁〉1900円

2018刊

7

未踏の野を過ぎて

世相評論集

現代とはなぜこんなにも棲みにくいのか。近現代がかかえる歪みを鋭く分析、変貌する世相の本質をつかみ生き方の支柱を示す。東日本大震災にふれた「無常こそわが友」、「社会という幻想」他30編。

〈四六判・232頁〉【2刷】2000円

2011刊

8

近代をどう超えるか

渡辺京二対談集

対談集

江戸文明からグローバリズムまで、知の最前線の7人と現代が直面する課題を徹底討論。近代を超える様々な可能性を模索する。【対談者】榊原英資、中野三敏、大嶋仁、有馬学、岩岡中正、武田修志、森崎茂

〈四六判・208頁〉【2刷】1800円

2003刊

9

幻のえにし

渡辺京二発言集

発言集

「自分が自分の主人公として独立する」とはどういうことなのか。さらに、谷川雁、吉本隆明、石牟礼道子らとの深い絆についても語られており、その言葉にふれながら読者は今どうすべきなのかを考えさせてくれる、慈愛に満ちた一冊。

〈四六判・272頁〉2200円

2020刊